Colette KLEIN

JE est un monstre

Nouvelles

Les Éditions de l'Œil du Sphinx

Le Code de la propriété intellectuelle n'autorisant, aux termes de l'article L. 122-5, 2° et 3°a), d'une part, que les « copies de reproductions strictement réservées à l'usage privé du copiste et non destinées à une utilisation collective » et, d'autre part, que les analyses et les courtes citations, dans un but d'exemple ou d'illustration, « toute représentation ou reproduction intégrale ou partielle faite sans le consentement de l'auteur ou de ses ayants droit ou ayants cause, est illicite » (art. L. 122-4). Toute représentation ou reproduction, par quelque procédé que ce soit, contribuerait donc à une contrefaçon sanctionnée par les articles L. 355-2 et suivants du Code de la propriété intellectuelle.

© 2022 LES ÉDITIONS DE L'OEIL DU SPHINX/PORTES DE THELEME
ISBN : 978-2-38014-063-7
EAN : 9782380140637
Collection Les Manuscrits d'Edward Derby n° 20
ISSN de la collection : 1623-1074
Dépôt Légal : Décembre 2022
Illustration de couverture : Colette Klein
Mise en page : Pamies Sabrina

Du même auteur

Poésie :

Ailleurs l'étoile, St-Germain-des-Prés (1973)

À défaut de visages, St-Germain-des-Prés (1975)

Cécités, Millas-Martin (Prix jeune poésie François Villon 1978)

Le Passe-nuit, Arcam (1980)

Néante aux mains d'oiseaux, GRP (1984) – Avec dessins de l'auteur

Les hautes volières du silence, Gravos Press (1994) – Avec dessins de l'auteur

La neige sur la mer ne dure pas plus que la mort, La Bartavelle (1997)

Les Jardins de l'invisible, Alain Lucien Benoit (2002)

Les Insomnies du voyage, GRP (2002)

Le Silence du monde – Encres de Marie Falize – Alain Lucien Benoit (2003)

La Pierre du dedans, Encres d'Augusta de Schucani – Alain Lucien Benoit (2005)

Les Tentations de L., Dessins d'Alain Clément – Alain Lucien Benoit (2009)

Derrière la lumière, Alain Lucien Benoit (2010)

Mémoire tuméfiée suivi de Lettres de Narcisse à l'ange, Editinter (2013)

C'est la terre qui marche sous mes pas, La Feuille de thé (2019)

Sous le nom : Arne (en collaboration avec Pierre Esperbé)
Nuit magnifiée, Barre & Dayez – Collection Jalons (1985)

Nouvelles :
Nocturne(s), Le Guichet (1985)

Prose :
La Guerre, et après… Éditions Pétra (2015)
Pierre Esperbé, Je suis né dans l'infini des êtres, Éditions Pétra (2019)

Colette KLEIN

JE est un monstre

On n'est pas continûment désespéré, et c'est regrettable. Si on l'était, on échapperait à la panique, on atteindrait à une permanence, une unité, une manière d'apaisement.

Charles JULIET

(In Ténèbres en terre froide)

LE MARRON

À André Lagrange, in memoriam.

J'avais pensé donner à Victor le marron que je venais de ramasser en traversant le jardin de l'hôpital, mais je l'avais oublié dans ma poche. Et je n'ai pas pu le lui offrir le dimanche suivant parce qu'il était mort dans la semaine.

Le marron est resté au fond de ma poche, lisse et brillant, et parfois je le caresse doucement. Il est devenu objet de mémoire, dernière preuve de la réalité d'un passé dissous.

Le jour de l'enterrement, je me suis tenu à l'écart, étonné que tant de monde soit venu honorer cet ami disparu. J'étais silencieux, les poings obstinément fermés, et au creux de ma paume droite, ce fruit tombé d'un arbre, sauvé peut-être d'un pourrissement prématuré parce que, sans moi, les feuilles mortes lui auraient assuré un lit propice au délitement.

Plusieurs années après, rien ne me rattache plus à cet ami que ses livres maintenant oubliés mais qu'il m'arrive encore d'ouvrir au hasard, voulant me laisser surprendre par les mots de ses poèmes comme si je les lisais pour la première fois.

Lorsque j'ai dû changer de manteau j'ai toujours pris soin de replacer ce marron dans la poche droite comme si mon existence était définitivement liée à la survie spirituelle de cet ami.

En feuilletant l'un de ses livres, ce matin, je me suis attardé sur un texte commençant ainsi : *la nuit n'épuise pas les démons qui vont et viennent sous les paupières de l'ombre. Elle n'est que le fruit de la mort, la transparence qui donne sa densité au monde.*

Tous ceux qui avaient assisté à l'enterrement de Victor étaient également morts. J'étais le seul survivant. J'avais toute ma vie été obsédé par le suicide et je demeurais le seul survivant ! J'étais ridicule et en même temps cela me confortait dans l'idée que tout cela était absurde. Dérisoire et absurde.

Grotesque. Maintenant, j'étais seul et plus personne ne viendrait à mon enterrement. J'étais si vieux que personne ne s'apercevrait de ma disparition. J'avais d'ailleurs déjà partiellement disparu depuis que j'avais fait supprimer tous les miroirs de mon appartement après des mois de trouble pendant lesquels j'observais l'évolution de mon physique de plus en plus dégradé. La maigreur était un des signes les plus effrayants. La blancheur de mon visage et les ombres sous mes yeux, les joues de plus en plus creuses m'avaient convaincu de me cacher.

Je restais hébété pendant des heures à regarder mes jambes et mes avant-bras noueux où de grosses veines violacées ressemblaient à de monstrueuses chenilles qui auraient cheminé sur tout mon corps. Le fait que j'aurais pu me superposer à l'image de mon père, au lieu de me consoler, accroissait l'épouvante d'être devenu, moi aussi, un vieillard qui serait bientôt jeté dans la fosse, avec les poubelles.

Mon seul regret est maintenant de ne pas m'être suicidé quand cela en valait encore la peine. Un ami, il y a longtemps, l'année de mes soixante ans, je crois, m'avait dit : *c'est maintenant trop tard, tu es trop vieux pour mourir jeune* ! Cela m'avait fait rire, puis pleurer. L'année suivante, ce même ami, atteint d'un cancer, a refusé de se faire soigner… *Ce n'est pas pareil,* me disait-il.

J'aurais voulu choisir mais les années étaient passées sans que je m'en aperçoive. J'étais ridicule, oui, vraiment. Il n'y avait pourtant rien qui ait pu me retenir. Je n'avais plus que des neveux et des nièces qui ne se manifestaient jamais et dont j'avais oublié l'existence. Le monde allait mal, depuis la nuit des temps. Les conflits se succédaient et l'horreur était de plus en plus profonde. L'écart entre le degré de civilisation et le degré de violence se creusait inexorablement, aussi bien au niveau individuel que collectif. Rien n'avait changé depuis les origines en dépit des révolutions et du désir ardent de certains de protéger l'humanité, de préserver la planète.

Je voudrais oublier, mais les souvenirs me rattrapent et me collent contre les murs. Je n'ose même plus sortir de chez moi parce que dans les rues je croise quantité de fantômes qui viennent ensuite me tourmenter en rêve. Pourtant, je dors peu. Trois ou quatre heures par nuit, et de façon si agitée que mon sommeil ne m'apporte aucun repos. Je reste étendu les yeux fermés, mais rien ne se passe, puis je me recroqueville en position fœtale. La mort, peut-être me délivrera sans que je m'en aperçoive. Longtemps, j'ai redouté cela, préférant non seulement choisir, mais aussi *savoir*, vivre la chose en quelque sorte. Maintenant je ne sais plus. Maintenant que j'ai omis de me tuer. Je reste étendu dans mon lit, immobile ; je guette la moindre douleur. J'écoute mon corps qui se disloque dans l'obscur. Je compte les secondes, j'écoute les mots qui tourbillonnent dans mon crâne.

Je me souviens m'être dit que la morgue, quai de la Rapée, ressemblait à une forteresse. Ils ont eu le tort de la défigurer en ajoutant une portion d'étage toute blanche alors que le bâtiment d'origine est en belle pierre. Cette bâtisse est rassurante. On peut mourir en pleine rue ou se jeter à l'eau, être emmené sous escorte dans une demeure ancienne, avec jardin, avec vue sur la Seine. Vraiment, c'est rassurant.

Quand j'y repense, je me dis que Victor ne serait pas mort si je lui avais offert ce marron ombré de lumière. Il était mort par ma faute, par manque d'attention.

Il pleut. Je regarde par la fenêtre. Le monde continue d'exister et cela me paraît incroyable. Je vais sans doute me réveiller. C'est cela mourir, non ? Se réveiller dans le monde qui a été le nôtre avant la naissance. Je m'appuie sur ma canne. Je sens ma main trembler plus que d'habitude. Septembre nous prépare à l'hiver. Les trottoirs sont tachés de feuilles sèches. Pourtant, c'est encore l'été.

Je regarde la pluie et, par mimétisme peut-être avec la douleur de cette ville endeuillée, je me mets à pleurer, au début sans y prendre garde. Cela fait pourtant des années que cela ne m'est pas arrivé. Ce n'est que lorsque l'une de ces larmes tombe sur ma main que j'en prends conscience. Larmes chaudes et lourdes qui désaltèrent ma peau. Je serre ma canne convulsivement, irrité par cette crise de sensiblerie que je ne maîtrise pas. Mais je suis si bien agrippé à ma canne qu'elle bascule et m'entraîne dans sa chute, moi si léger, aussi frêle qu'une brindille chahutée par le vent.

Je tombe sans me casser. Je reste étendu sans chercher à me relever, à demi caché derrière le fauteuil, sous la fenêtre.

Beaucoup plus tard, je suis à l'hôpital. Je ne sais plus depuis combien de jours. Je ne sais pas qui a appelé les secours – je n'ai jamais laissé mes clés à la gardienne. Dans le lit d'à côté un vieillard – tout aussi vieux que moi – est en permanence agité de tics nerveux et, à intervalles réguliers, se met à crier :

« Amia, amia ! », sans que je comprenne ce que cela signifie. Du moins, c'est ce que j'entends, mais peut-être veut-il crier « A moi ! ». Qui, ici, pourrait bien lui venir en aide ? Parfois, il se lève en titubant et vient s'accrocher à la barre qui est au pied de mon lit et la secoue. Je voudrais lui dire de s'en aller, lui dire que je le hais parce qu'il est laid et vieux, que je n'ai que faire d'un tel compagnon, mais je me rends compte que je ne peux plus parler. Je cherche ma canne pour lui faire peur, lui faire signe de se sauver. Je ne la vois pas. Près de mon lit il y a un déambulateur. Un urinal est posé sur la tablette, à côté du téléphone.

Je suis coincé à mon tour, prisonnier d'une fin de vie pitoyable. Les aides-soignants me parlent comme si j'étais sourd et débile, alors que des forces en moi me donnent l'illusion que je pourrais encore vivre au moins vingt ans. Je suis relié à des machines dont j'ignore la finalité, par des quantités de tuyaux translucides. Elles font un bruit insupportable de succion et scandent le temps à coups de sonneries, de bips et de sifflements.

Je ferme les yeux pour m'évader de cet enfer. Je n'entends plus ni les cris ni les bruits et je me revois dans le jardin de mes parents. Je m'étire au soleil. Ma chienne, Marquise, se roule à mes côtés. Je joue avec les cailloux. Je les amasse tout autour de moi, là où la végétation est la plus rase. Je construis une cité monumentale et pousse les fourmis qui m'entourent de sorte qu'elles suivent les routes que j'ai tracées. Ma mère s'approche. J'entends son pas qui chuinte sur les herbes. Son ombre m'écrase. J'étouffe. Je me mets à tousser et à transpirer. Ma mère s'accroupit. Son visage est tout près du mien. Elle me sourit, dépose un baiser sur ma joue. Marquise se relève et sautille en faisant de grands cercles autour de nous. Tout à coup, le soleil m'éblouit. Je sombre dans une autre vision.

Je suis au bord de la mer avec mon aimée. Je ne sais pas encore que demain elle se sera noyée. Le soleil à la verticale nous tient dans ses filets qui scintillent. Du bout de l'index je suis le contour des lèvres de mon amante, caresse la courbe de son cou, puis arrondissant ma paume, j'enveloppe l'un de ses seins qui se durcit sous mes attouchements. Je me penche et l'embrasse. Une chaleur sur ma nuque m'embrase tout entier. Je passe l'autre main sous la cambrure de son corps. Ce soir, peut-être je lui ferai un enfant. Je m'abrite contre elle. Je songe à son sexe quand il s'ouvre pour que j'y boive à la vie. Je salive. J'ai soif déjà. L'idée de la pénétrer me fait perdre la raison.

Je suis ivre. Ma salive m'étouffe. À nouveau, je tousse. Je ne peux plus respirer. C'est alors que je rouvre les yeux.

Je bave sur le drap, la tête penchée. Je ne veux pas le croire. Je ne veux pas être prisonnier de cette chair qui déjà pourrit et se disloque, ne m'appartient plus, qui n'est plus *moi*. Je suffoque. Mon voisin de chambre est sorti. Je ne veux pas appeler à l'aide. Quelques spasmes encore soulèvent ma poitrine, mais je n'ai pas mal, comme si je n'étais pas concerné. Je m'apaise, reprend mon souffle. Le soleil éclaire la chambre. Une reproduction décolorée est censée décorer le mur qui me fait face, chromo ordinaire, vulgaire. Je me détourne, essuie ma bouche contre le coin de l'oreiller. À nouveau, j'entends les bips et les sifflements. Je ferme les paupières, quelques secondes, pas plus. Sans que j'entende le bruit de la porte, un homme est entré pendant ce temps, qui se tient devant moi, à contre-jour. Le visage resté dans l'ombre me paraît familier même si je ne distingue pas ses traits, sans que je le reconnaisse vraiment. Ce n'est qu'une impression, un sentiment de déjà-vu. Il s'approche de la tête du lit et ce faisant se retrouve en pleine lumière. À demi aveuglé je crois reconnaître mon père, puis pense qu'il s'agit de mon double parce qu'il me ressemble tout autant. Je veux pousser un cri. Je suis pris dans un vertige qui me raidit, me contraint à refermer les yeux.

Lorsque la sensation de tournis s'apaise, l'homme a disparu. Mais sur la tablette un marron est posé, près de l'urinal, bien rond, bien luisant, un banal marron comme on peut en ramasser dans les jardins aux premières avancées de l'automne.

L'ARBRE AUX OISEAUX

Le soleil adossé au mur submergeait les fleurs et les allées d'une lumière trop crue. Dans le village, toutes les rues désertées respiraient avec le même bruissement. Jeanne s'amusait à sauter à cloche-pied sur le bord du trottoir. Ses nattes se soulevaient à chaque saut et retombaient avec la régularité d'un métronome. Ses mains, très blanches, s'agitaient tout autour de sa robe rouge, sa robe préférée, qu'elle avait enfilée avec cérémonial en apprenant que sa maman serait absente tout l'après-midi.

C'était la première fois qu'elle se retrouvait vraiment seule. Sa mère avait été obligée de partir précipitamment. Madame Andrieux, la dame bavarde habituellement chargée de veiller sur Jeanne arriverait plus tard. Une urgence… des douleurs violentes qui laissaient présager que le bébé arriverait plus tôt que prévu. L'anxiété, la hâte du départ, les recommandations…

- Sois très prudente, ma chérie. Tu es une grande fille maintenant, tu peux rester seule quelques heures.

- Oui, maman.

- Occupe-toi. Installe-toi dans le salon et lis.

- Oui maman.

- Ne sors surtout pas ! Et puis, si quelqu'un sonne à la porte, tu n'ouvres pas ! Tu ne bouges pas. Si quelqu'un téléphone, tu réponds et tu demandes le nom de la personne, tu dis que je reviens d'une minute à l'autre et que je rappellerai.

- Oui, maman.

- Excuse-moi d'insister… je suis un peu pressée, mais surtout ne sors pas et n'ouvre pas. Compris ?

- Oui, maman.

Vingt minutes plus tard, Jeanne parée et encore ébahie par cette liberté inattendue, s'était échappée de la maison en prenant soin de la refermer, et d'en glisser la clef, tel un trésor qu'elle aurait été seule à connaître, dans la minuscule poche, sur le côté de sa robe rouge.

Elle sentait que les rues avaient changé de façade parce qu'elle n'était plus accompagnée de sa maman, que les jardins, ce matin, avaient fleuri en pensant à elle et qu'une foule d'arômes et de couleurs, sur son passage, saluaient la grande personne qu'elle était en train de devenir. Sa mère lui avait dit : « Tu verras, quand ta petite sœur sera née, tu seras un peu sa mère, avec moi ; elle aura besoin de toi. »

Jeanne, sans le dire, avait pensé : « et moi, de qui aurais-je besoin ? »

Tel un cabot qui ne veut pas avouer que sa carrière s'achève, l'été donnait une démonstration de sa puissance et de sa grandeur avec une violence inaccoutumée. La chaleur, en suspens au-dessus de la route et des jardins, asphyxiait et auréolait la vie de tremblements fiévreux.

Jeanne ne s'en apercevait pas : sa solitude la rendait inaccessible. Des bribes de chansons surgissaient dans sa tête sans qu'elle les eût appelées, se superposant jusqu'à produire un vacarme qui l'isolait encore plus du reste du monde. Elle profitait des couleurs et des signes envoyés par la nature pourtant teintée d'inquiétude et de la patience de ses hôtes cachés lorsque son regard fut accroché par un cadavre de moineau, sur la chaussée, docilement couché le long du trottoir, dans le caniveau. À côté de lui un mégot, plus loin un papier brun et or marqué des lettres MICHOKO et d'une petite pie triomphante, d'autres mégots plus ou moins écrasés.

Jeanne s'accroupit près de l'oisillon, inspectant le plumage à peine formé mais intact, les yeux clos, les frêles pattes exagérément tendues. Elle cherchait à identifier la mort, comme si la mort pouvait être déchiffrée par n'importe qui au travers d'un corps abandonné, au moyen d'un langage universel.

Elle allait se relever pour continuer son chemin mais se sentit indigne de cette fuite. Elle parla à l'oiseau, doucement, avec intimité, ainsi qu'elle avait toujours parlé à ses jouets.

- Réveille-toi. Tu es tombé sans avoir vraiment volé ; les anges ont oublié de te porter. Ne reste pas ainsi. Sois mon ami.

Avoir prononcé ces paroles rassurantes l'autorisait maintenant à partir, à emporter dans son album personnel d'images le souvenir d'une émotion. Elle n'avait pas fait une dizaine de pas qu'une pulsion étrangère à tout regret la contraignit à rebrousser chemin et à s'emparer du petit cadavre. Oubliant d'un coup les senteurs et les visions qui l'avaient guidée dans sa promenade, elle revint jusque chez elle, l'oiseau blotti entre ses paumes comme s'il fût encore possible de lui rendre sa chaleur et son désir de vivre. Somnambule, sans la moindre hésitation, elle alla au fond du jardin, creusa, uniquement de ses mains, un trou dans lequel elle déposa la dépouille, à quelques pas d'un rosier.

« Maman n'en saura rien », dit-elle. Et rien ne laissait supposer dans son intonation si elle prononçait cette phrase par crainte ou par fierté. Non, c'était une phrase neutre, parfaitement indifférente. Sa voix était plus grave et mieux timbrée que d'habitude, mais elle n'y fit pas attention.

Saisie par la volonté de donner un sens rituel à la cérémonie, elle mélangea à la terre des pétales de fleurs et quelques-uns de ses cheveux, puis, peut-être sous l'effet de la canicule ou brutalement submergée par une violence qui montait en elle, elle s'endormit comme on perd connaissance, son corps couché sur la tombe de l'oiseau.

La maman n'avait plus beaucoup le temps de s'occuper de

Jeanne ; elle n'avait pas compris que quelque chose avait eu lieu en son absence, qui avait transformé son enfant au point d'en faire une étrangère. Un moment, elle songea que Jeanne serait bientôt une jeune fille, mais la magie des événements l'aveugla et lui interdit de connaître les liens qui s'étaient tissés entre la nature et sa protégée.

Chaque matin, en se levant, Jeanne, à la manière d'un officiant, allait dans le jardin rendre visite à l'oiseau. Il n'existait plus aucune trace de sa tombe. Elle avait acquis la certitude que, la fausse alerte passée, sa mère n'accoucherait jamais, mais que c'était elle qui redeviendrait un bébé, à la place de l'autre ; sa mère l'écouterait rire et pleurer, lui caresserait le visage et lui parlerait avec des murmures.

Le jour arriva enfin où, près du rosier, Jeanne découvrit une plante qui ne ressemblait à aucune autre, déjà formée, un arbre nain, avec entre ses feuilles lovées une fleur encore enrobée de ses jupons de soie. Au moment le plus intense de sa contemplation, elle entendit sa mère crier depuis la maison :

- Jeanne, viens ici. Il faut que je m'en aille !

Elle obligea sa mère à répéter ses cris et ne consentit à venir que parce que le charme était gâché.

- Jeanne, tu deviens désobéissante ! Tu n'es pas raisonnable. Je crois que cette fois est la bonne. Madame Andrieux viendra en fin de matinée. Ton père ne revient que la semaine prochaine. D'ici là je serai sans doute revenue avec ta petite sœur. Tu es contente ?

Jeanne ne voulait pas répondre.

- Réponds-moi, voyons. L'an dernier, tu voulais une petite sœur. Dis-moi que …

Jeanne, en enfant têtue, regardait cette femme lui parler comme d'un autre monde. Elle l'interrompit avec dureté :

- Non, je n'en veux pas. Je veux qu'elle meure !

- Jeanne !

Maman refoula aussitôt les sentiments qui l'étreignaient, prit sa fille par les épaules et la secoua.

- Jeanne, je m'en vais.

Elle partit sans se retourner, se disant « Il faudra que je lui parle sérieusement dès mon retour. »

Jeanne en courant rejoignit l'arbre dont la fleur entre temps s'était ouverte, arborant sous la lumière une immense corolle rouge. Tout autour, miraculeusement, des dizaines d'oiseaux, en silence, venaient et repartaient, se posaient sur la terre quelques instants, tournaient leur bec vers le ciel, reprenaient leur envol. D'autres venaient de même. Il y en avait de plus en plus.

Jeanne s'en voulut d'avoir quitté sa fleur, maudit sa mère et une nouvelle fois l'enfant qui devait naître.

Elle s'assit et tenta de reprendre sa contemplation, chercha dans sa mémoire les signes qui lui permettraient d'être en harmonie avec les éléments. Lorsqu'elle parvint à retrouver la paix elle s'endormit tout aussi brutalement que le jour de sa rencontre avec l'oiseau, s'endormit si profondément qu'elle n'entendit pas Madame Andrieux arriver près d'elle en sanglotant :

- Ma pauvre petite, ta mère conduisait trop vite, c'est vraiment horrible. Jeanne, ma pauvre, ma pauvre enfant …

EN MARGE

En refermant la porte grillagée du cimetière, il se dit non sans surprise : « il faisait plus chaud dedans ! »

Il n'y avait, en toute logique, aucune raison pour que la route s'étendant au-delà dût apporter une fraîcheur improbable. L'idée que la proximité des morts pût contribuer à cette sensation le fit sourire. Il se décida à rouvrir la porte.

Après quelques pas, il eut l'impression d'entrer dans un cocon. Les murs qui entouraient le cimetière étaient si bas qu'ils ne pouvaient être à l'origine de ce climat privilégié. Il s'assit sur l'une des pierres tombales. Le refuge était plaisant. Le soleil camouflé derrière des nuages diffusait une lumière sans ombres. Entre les arbres, on apercevait la mer. Des rochers, en émergeant, et de petites îles plus lointaines jalonnaient l'espace, mais en même temps, ôtaient à la réalité sa pesanteur, sa volonté de présence.

Les apparences, en se révélant confuses, l'enivraient. Il ne savait plus pourquoi il était entré la première fois. Il faisait de plus en plus chaud. L'air, au lieu de devenir suffocant demeurait imperceptible. Il essaya de se lever ; un vertige le contraignit à rester assis. Quelques abeilles furetaient dans de petites fleurs blanches. Juste à côté de lui.

Sa pensée dérivait. Il ne parvenait plus à la tenir. En peu de temps elle ressembla à une arborescence, à des éclaboussures sauvages calligraphiant sans cohérence des images dépourvues de mots, des bribes d'images, des graffitis. Il ne cherchait pas à lutter. Il crut un moment être le personnage échappé d'un livre, trahi par un écrivain paresseux qui l'eût abandonné à son destin dans un décor de quatre sous. Puis, comme saisi par un songe, il oublia. Même l'oubli. Les abeilles continuaient de fureter et le ciel d'éclairer la mer. Le temps, en marge, veillait à ce que la mémoire du monde persistât à s'enrichir de fièvres toujours nouvelles.

Les arbres avaient renoncé à projeter une ombre sur les graviers de l'allée centrale. En revanche leurs hautes silhouettes enveloppaient l'air comme si, munies d'ailes, ils hésitaient en permanence entre la chute et l'envol.

Il se dégagea du songe, d'un coup, adossé contre l'un de ces arbres, sans se souvenir de s'être déplacé de la pierre où il s'était effondré, près de l'entrée, jusqu'à ce lieu plus secret, à l'autre extrémité du cimetière.

Il fit quelques pas. Le vertige avait cessé. En entendant la porte grincer de nouveau, il eut, brièvement, en écho, le rappel d'images déjà vécues il ne savait plus quand. Il se retourna. Un homme venait de pénétrer à son tour dans l'enceinte. Sans raison, il se sentit pris en faute, eut l'instinct de fuir. En fin de compte, à demi paralysé, haletant, il contourna l'arbre pour se tenir caché. L'autre ne semblait pas l'avoir remarqué.

À ses pieds, il crut voir, entre les herbes, de minuscules petits hommes, hauts de quelques centimètres, faire cercle et le désigner du doigt. Il crut les entendre rire. De petits hommes vêtus de blanc. Il crut discerner leurs regards, posés sur lui avec insistance. Il crut que leur cercle, en se resserrant, devenait une boule, de plus en plus réduite, puis un point. La vision, en s'estompant, ne le délivra pas de l'angoisse qui lui était venue au moment des rires.

Peu de temps après, ce furent les herbes qui s'écartèrent. La terre, mise à nu, commença à grouiller et à se convulser. Il voulut lever la tête vers le ciel, mais ainsi perdit l'équilibre et tomba à genoux. Il se releva avec dégoût. Il était couvert de sang, sans être écorché, sans avoir ressenti le moindre choc. Un sang abondant et lumineux qui dessinait des serpents sur le tissu de son pantalon. Debout et figé, comme attaché à la terre. Il sentit que des larmes coulaient jusqu'au bord de ses lèvres. Entre ses doigts il recueillit non pas des larmes translucides mais un lait opaque, un peu visqueux, diffusant un parfum musqué. Ébloui, cherchant à se débattre, il vit que les îles les plus proches s'approchaient encore, scintillant devant la mer à la manière de masques de carnaval. La fête se déroulait ailleurs, hors de sa vie. Le rite ne le concernait plus. Le silence excessif le condamnait à subir les rumeurs et les bourdonnements de son propre corps.

Pourtant une absence d'être persistait à le dévorer, de l'intérieur, l'abandonnant au vide.

Une seule pensée s'imposa à lui, qu'il enfouit aussitôt : « les morts se nourrissent-ils des vivants ? »

Près de lui, pêle-mêle, des croix de pierre faisaient signe à l'invisible, participant à la cérémonie du vent. Des empreintes de pas traçaient un chemin entre les tombes. Jusqu'au mur. Traces imposées à l'œil mais suggérant un domaine au-delà de la matière, moins tangible, un passage peut-être, une signature illisible.

Que la mort de sa femme eût pu le conduire à visiter les cimetières et à se consumer en intimité avec les gisants, ne pouvait expliquer la folie qui le pétrifiait, le livrant par l'impuissance de ses gestes aux démons d'une ivresse incontrôlable.

La fluidité de ses visions accentuait le vide, le transformait en réceptacle, en miroir. Les êtres qu'il avait connus défilèrent devant lui. Ils faisaient signe de la main et s'effaçaient d'eux-mêmes, gommés par une présence d'une autre nature. Une buée l'entoura qui devint souffle.

Il n'était plus protégé. Ni du regard de l'autre – sans chercher à le voir, il sentait sa proximité – ni de son propre jugement. Il avait perdu la faculté de s'émouvoir, il le savait. Depuis plusieurs mois. Mais l'indifférence, si elle avait camouflé ses obsessions, avait en même temps détruit ses extases. Il survivait. Mort, déjà – ou vivant à distance. Ce qui lui arrivait ne le surprenait donc qu'à moitié. Il se laissait aller, porté par un sentiment d'invulnérabilité, par la certitude qu'aucun événement ne pourrait plus changer jamais son existence elle-même dérisoire.

Les autres ont beau faire semblant de vous connaître, ils se servent de votre nom comme d'un mot de passe, mais ignorent votre parole secrète et le sens de vos interrogations.

Il s'était depuis peu découvert une angoisse jusque-là inconnue à son esprit : celle qu'éprouvent certains êtres soudainement plongés dans le noir, dans un espace clos, sans autre point de repère que leur suffocation. C'était peut-être là un avant-goût de la mort ou plutôt l'épouvante liée à l'idée de s'immerger dans la mort encore vivant : paradoxe insupportable, mais propre à son état de somnambule dérivant entre veille et sommeil. Que le monde ou ses apparences fussent pris dans le même cheminement ne changeait rien à son existence. Une liqueur, à la place de son sang, transfusait des impressions qui ne l'atteignaient jamais en profondeur. Il se croyait intact ; il demeurait en dehors, comme en visite dans son propre vertige.

Un bruit maintenant familier provoqua des tremblements

dans les profondeurs de son corps : le crissement de la porte du cimetière qui venait à nouveau de s'ouvrir. Cette fois, il ne put résister aux forces extérieures et se retourna d'un seul mouvement. Il était assez près de l'entrée, bien plus qu'il n'aurait pu le croire et il n'eut pas de peine à s'apercevoir que celui qui se trouvait face à lui et semblait l'ignorer, lui était en tout point semblable : physionomie et tenue vestimentaire. Peut-être avait-il l'air un peu plus hagard, comment savoir ? Il n'éprouva pas le besoin de chercher l'autre, celui qu'il avait évité. Il comprenait que c'était inutile. Combien d'hommes allaient-ils pénétrer cette enceinte, échappés de lui-même, et pourtant inaccessibles ? La question aussitôt évoquée par son esprit se dissipa. Et il oublia d'un coup la présence des autres.

Il se reprit à rêver. Près de lui, des abeilles s'étaient remises à fureter. Devant lui, la mer mangeuse d'îles et de fièvres exhibait une lumière plus violente que jamais.

JEUX DE LUMIÈRE

Le matin, les miroirs ne se réveillent jamais tout à fait.

Ce jour-là, Dimitri non plus ne se réveilla pas tout à fait. On ne sut jamais pourquoi. La lumière n'était plus cette transparence sans âme qui donne une couleur aux choses et un regard aux êtres vivants. Elle avait acquis une existence autonome, comme la pluie peut en avoir une, comme la sève ou le sang, une matière devenue tangible, habillant la peau d'un velours confortable et élégant.

La seule difficulté consistait à éviter les obstacles qui entouraient maintenant chaque surface, membranes claquant au vent, oriflammes enrubannant les corps, voiles, rideaux ou linceuls.

Il préféra ne pas sortir de chez lui. Se déplacer autour des meubles représentait déjà un périple assez difficile. La lumière greffait ici et là des poches obscènes qu'il n'osait pas approcher, se décantait au sol en pastilles de diverses formes, cristallisées ou visqueuses, selon le lieu, selon l'orientation du soleil. Dans un premier temps, il était allé se cacher dans un coin de la chambre qu'il croyait obscur. Mais de minuscules particules flottaient autour de lui et il avait craint d'être sucé puis digéré par elles.

Il savait que sa vie avait été un échec. En pensée, il ajoutait : « comme toutes les vies ». Il y avait six mois à peine, il avait enterré la tante qui l'avait élevé, sa dernière famille, morte d'un cancer. Ainsi ses habitudes avaient changé. Le dimanche, au lieu d'aller la voir, il sortait sur la promenade, saluait les quelques collègues qu'il était amené à croiser et qui, en compagnie de leur femme, de leurs enfants, de leur chien, se pavanaient en faisant de grands gestes et en riant le plus fort possible. Il n'avait jamais sympathisé avec eux.

Aujourd'hui, terré entre les draps de la lumière. Il savait qu'il était illusoire de chercher une issue. Pourtant après un temps d'accoutumance, il fut soudain séduit, subjugué même et contraint de se livrer totalement aux turbulences. Il prit garde à ne pas déchirer les pans qui l'effleuraient et, progressant avec les mouvements d'un nageur filmé au ralenti, il réussit à atteindre la cuisine.

Il se précipita à la fenêtre. Juste à ce moment, une envolée d'oiseaux hachurait le ciel de graffitis sombres. Chacun entraînait avec lui des écharpes diaphanes. Sur le trottoir, en face de l'entrée, une vieille femme enveloppée de volumes sans reflets, immobile, le dévisageait en riant. Au lieu de s'enfuir, il resta un long temps à la dévisager tout aussi fixement. Puis, il se mit à rire aussi, sans savoir pourquoi. La lumière lui donnait des ailes.

- Dimitri, que m'a dit ta mamie ? Tu as encore eu le culot de réclamer … !

Des souvenirs d'enfance, irrésistiblement, s'interposaient entre la vieille femme et lui.

Une brume floue le dérobait à sa propre existence. Être en vie, mais à la manière d'un fantôme dans un songe.

- Tu as toujours été égoïste.

- Tu es méchant

-      Tu es invivable.

Sa vie se résumait à quelques phrases voilées, inscrites blanc sur blanc dans sa mémoire et qu'il avait souvent refusées d'entendre.

-      Ton chat, pourquoi l'as-tu laissé mourir ?

-      Je ne savais pas, il ne me parlait plus …

Tout le jour, il resta emmitouflé. Des filets rapiécés brûlaient à ses vitres. Résigné à demeurer éternellement en dehors de la vie, il récita à voix haute les tables de multiplication qu'il avait apprises à l'âge de cinq ans et ce, jusqu'à la traversée du jour par le silence.

Le lendemain, il chercha dans ses tiroirs les photos qui avaient jalonné son existence de visions fulgurantes.

Une fatigue, matérialisée par des crampes, le tint toute la journée recroquevillé, occupé à fouiller dans de vieilles boîtes à demi moisies.

Ensuite, la lumière dériva avec des franges écumeuses.

-      Tu as toujours eu besoin d'être aimé, mais tu n'as jamais aimé personne.

Une valse sirupeuse battait au-dessus de ses tempes. Chaque chose à sa place, un monde si bien ordonné.

Les ombres ressemblent aux ombres.

Il cherchait dans ses souvenirs les raisons qui lui faisaient maintenant entrevoir des brèches qu'il avait toujours ignorées.

Les murs ressemblent aux murs.

Il se souvenait des nuits avides où ses cauchemars visitaient les enfers, se soumettaient aux gestes de ses doubles enfermés dans les placards chez sa tante. Les ténèbres le délivraient de l'humain, depuis toujours.

Un matin, il sortit. Enfin. La vieille n'était plus là. À sa place, il vit un lézard et se détourna de son chemin habituel. Au carrefour, des enfants, en tenue d'été, chantaient en regardant le ciel. Il sut, sans vraiment se l'exprimer, que le destin leur réservait une fin tragique. Il hésita. Devait-il les prévenir et, par la même occasion, les précipiter dans l'angoisse ? Il demeura à l'écart. Les autres ne devaient rien savoir. La lumière, entre lui et eux. Et rien d'autre.

La paix, sans prévenir, entama ses remords et il se mit à errer dans la ville. Des volutes de suie l'accompagnaient, comme entraînées par les cheveux du vent. Il ne reconnaissait pas sa ville ; il se sentait trahi, à chaque pas, arrêté par l'étonnement. Le sommeil, d'un coup, le reconduisit chez lui.

Les jours suivants, peu à peu il apprivoisa la ville. Peut-être fut-ce plutôt la ville qui l'apprivoisa. Des voiles blancs irisaient la pierre des maisons. Lui-même, habillé, dès l'aube d'une clarté garnie de franges qui, sans être épaisse, n'en était pas moins opaque, finit par se convaincre qu'il lui serait désormais inutile d'user manteaux et linge de corps qui entravent la marche au lieu de la guider.

Mais, lorsqu'il voulut, au saut du lit, parcourir la ville, sans autre vêtement que des bandeaux de lumière, les autres – ceux qui déjà le méprisaient – s'esclaffèrent et toute une foule s'attroupa sur son passage. Il ne les voyait plus.

Pendant plusieurs semaines, Dimitri ne ressentit qu'un allègement d'être qui le soulevait et le portait comme s'il avait en permanence gravi les hautes marches d'un invisible escalier.

Jusqu'au soir où, alors que le soleil allait se camoufler entre deux immeubles, il fit face au miroir du Café de la Place. Et il les vit ! Dans la glace, la foule paraissait hostile, pourtant murée, statufiée presque : les rires avaient cessé. Ils le regardaient, muets. Ils le regardaient, TOUS.

Sans se retourner, il commença à reculer. La foule le laissa passer. Il rentra chez lui de cette façon, de dos, à petits pas. Non par épouvante. Non par surprise. Par un mécanisme comparable à celui qui fait sortir de leur boîte les diables de papier. Il ferma son verrou à double tour par un geste également précis, exempt d'émotion.

Cela faisait maintenant deux mois qu'il ne s'était pas rendu à son travail. Ses collègues étaient au courant de son aventure, mais personne n'en connaissait le mystère.

Lorsque les infirmiers parvinrent à enfoncer sa porte, ils le trouvèrent debout, face à la fenêtre, les yeux fixés au ciel. De sa main droite il caressait la matière de l'air. Et quand ils le vêtirent d'une camisole, il sembla s'y enfouir avec jouissance. Il leur dit :

- Merci.

Ce fut la seule parole qu'il prononça, ce jour-là, comme tous ceux qui suivirent.

LE GESTE

Je suis absent, pensa-t-il. Il monta l'escalier avec lenteur. Il écoutait le crissement de ses semelles contre le bois ciré. Il regarda l'enveloppe que venait de lui remettre la concierge. L'expéditeur avait négligé de mettre son adresse au dos de la lettre. Rien ne pressait. Il atteignit le quatrième étage. Essoufflé, il s'appuya contre sa porte pendant quelques secondes qui lui parurent une éternité. Pourtant, il avait envie de demeurer immobile, de se calfeutrer, protégé, inaccessible.

Rentré chez lui il jeta un coup d'œil dans le miroir, puis s'en détourna. Il se dégoûtait. Il alla boire un verre d'eau. Au passage, il prit les ciseaux, afin d'ouvrir la lettre. Il alla s'asseoir sans l'avoir ouverte et posa près de lui, les ciseaux, la lettre et le verre à demi vidé. Le dégoût s'installa avec plus de violence. La solitude peut-être le contraignait à des songes médiocres. Son amie l'avait quitté mais cela importait peu ; il n'avait jamais cru à l'amour. Il passait sa vie à attendre.

Il pensa que la journée avait été atroce, interminable. En même temps, il était satisfait : le puzzle allait s'achever, il le sentait. Une pièce de plus avait été placée. Il suffisait d'y ajouter, d'y ajuster la dernière pièce. L'existence est ainsi, que l'on assemble jour après jour. Gestes et démarches ne sont que des signes. Des signes invisibles. Les choses se font d'elles-mêmes, à l'intérieur de l'être, et se défont tout aussi aisément. Il ne voulait plus se souvenir, seulement se laisser entraîner. Il avait compris depuis longtemps que toutes tentatives de révolte, toutes fuites, seraient inutiles et même absurdes, déplacées, sacrilèges. Il parlait à Dieu, sans chercher à se plaindre, sans être croyant. Dieu ne lui répondait pas. C'était sans importance.

Il demeura assis. Il avait l'impression d'être arrivé à saturation de vie. Que pouvait-il encore advenir ? Rien. À la fois indifférent et abattu, il s'écoutait penser. Une autre nuit allait venir. Depuis combien de nuits existait-il ? Jamais il n'en avait fait le compte. L'aube viendrait, comme chaque fois. Soudain, il se demanda pourquoi tant de régularité menait le monde. Ne pas pouvoir agir contre cet engrenage était insoutenable ! Être obligé de se résigner encore, et vivre en pure perte ! Mais qu'y avait-il à faire ? Comment ne pas être désespéré ? L'homme conscient se mesure au cosmos et ne parvient pas à maîtriser son vertige... L'homme s'installe dans un coin si petit, si méprisable...

Mais agir, enfin ! Renouveler le geste de celui qui se révolte et se suicide pour se prouver qu'il est lui-même Dieu et qu'il est libre ! Non... non. Ne pas céder à cette tentation. Ce serait trop facile ! Ne pas céder au chantage de la mort.

Il se leva, regarda par la fenêtre. Des nuages se tenaient immobiles au-dessus des maisons. On aurait dit qu'ils avaient été posés là et oubliés. Ils pesaient à distance contre la ville déserte. Pour ne pas les voir, il ferma les rideaux, de lourds rideaux de velours chargés de poussière. Pendant quelques minutes, il marcha, ou plutôt, il déambula autour de la pièce. Enfin, il se rassit. Un filet de lumière l'atteignait encore. Les paumes plaquées contre ses cuisses, il se tenait droit, la tête haute. Il n'avait pas vraiment de regard. Une mèche de cheveux barrait le milieu de son œil gauche. Il ne prenait pas la peine de la relever. Son visage exprimait une souffrance étrange, comme la fixation d'un mouvement tumultueux, la photographie d'une tourmente. Un visage à la Bacon.

Faire quelque chose, enfin ! Faire en sorte que les autres me regardent, que je fasse partie de leur paysage !

Alors, il sut. Il sut, d'instinct, sans réfléchir, qu'il lui fallait accomplir quelque chose d'absurde, de suffisamment horrible. Il lui fallait se dépasser lui-même, choisir l'irrémédiable. Il ne savait pas de quelle façon il agirait mais il acquit la certitude qu'un grand événement viendrait et le délivrerait de son angoisse. Il voulait devenir le prisonnier d'un acte… d'un acte sur lequel il serait impossible de revenir. Il respirait convulsivement. C'était comme si, pour la première fois de sa vie, il allait commencer à exister totalement. Quelque chose bouillonnait en lui. D'apparence immobile, mais agité intérieurement par des désirs depuis trop longtemps refoulés, des élans, une passion. Comment avait-il pu s'interdire toute révolte ? Il lui sembla impossible de reprendre le chemin habituel.

Une folie soudaine l'arracha à son propre destin, ou peut-être cette folie le poussa-t-elle à se faire face réellement, le temps d'un éclair.

La lettre était tombée à terre.

Même ce geste-là serait inutile et l'abandonnerait encore à l'attente et à la solitude, mais, sans même se lever, il empoigna la paire de ciseaux et se creva les yeux.

ABONNÉS ABSENTS

« Il n'y a plus d'abonné au numéro que vous avez demandé »
… une nouvelle fois il avait été surpris de ne pas entendre ce
message ! Sa mémoire le trahissait ! La technologie avait évolué
et désormais une voie féminine, impersonnelle déclarait :

« désolée, mais ce numéro ne peut pas être obtenu. Vérifiez
que le numéro que vous avez composé est correct et renouvelez
votre appel ».

Désolée ? Vraiment ? Et s'il avait voulu joindre cette femme-
là, répondre à cette voix, quel numéro aurait-il dû composer ?

Nicolas avait patiemment attendu la fin de l'annonce. Non
seulement, le message avait changé, mais en outre, après un
long silence, il n'était répété qu'une fois. Ensuite, plus rien que

la sonnerie « occupé » pendant une minute environ, pas plus, suivie d'un autre silence, beaucoup plus long.

Il resta les yeux clos, à l'affût des battements trop violents de son cœur, puis il appuya sur la touche lui permettant d'interrompre la communication. Cela n'avait pas d'importance : plus personne ne répondait à ce numéro depuis deux ans. Et il ne lui servait à rien de prolonger ce silence.

Lorsqu'il avait rencontré Laura plus de trente ans auparavant, le monde du téléphone était différent. Il se souvenait de ces soirées infernales : Laura l'appelait en cachette – son mari était encore en vie. Elle lui parlait d'amour, mais ne voulait pas être surprise. Alors, elle réduisait à l'essentiel ses paroles d'amante, l'écoutait à peine, lui, pourtant si fragile, ne lui accordant aucun délai pour exprimer sa passion, puis raccrochait rapidement, sans qu'il ait vraiment pu lui faire comprendre combien il lui était douloureux d'entendre ce clap brutal qui mettait fin à leur échange, irrémédiablement, puisqu'il n'était pas question qu'il la rappelât. Qu'il fût heureux ou désespéré ne changeait rien à la durée de la communication. Elle raccrochait. Et il restait seul. Or, certains soirs, la douleur de l'absence s'ajoutait à la douleur existentielle, le paralysait.

L'angoisse le tenait plié en deux, assis sur le bord de son lit. Pétrifié. Dans l'impossibilité de sortir de son corps. Il gardait l'écouteur près de son oreille, obsédé par la sonnerie « pas libre » qui se répandait dans tout son être. Cela pouvait durer des heures. Une fois, il laissa le téléphone décroché pendant la nuit entière. Son corps avait basculé sur le lit. Il s'était endormi, réveillé, rendormi. L'absence de l'aimée plus cruelle encore dans l'obscurité était traversée par la seule perception de cette présence stridente, tout aussi insupportable que le bip qui accompagne les mourants dans la chambre des hôpitaux. Mais raccrocher pour ne plus l'entendre c'était rompre le lien qui l'unissait à l'ombre. Il lui arrivait également d'agir ainsi lors de contacts avec ses rares amis. Il ne savait pas raccrocher :

- Toi !

- Non toi.

- Ne fais pas l'enfant, raccroche. Je te rappellerai.

Mais il attendait toujours autre chose, il n'aurait pas su dire quoi, quelque chose qui pût enfin l'aider à vivre ou tout simplement à passer la nuit. Le soutien des autres ne lui paraissait jamais assez chaleureux. Jamais adapté. Il était seul, sans se rendre compte qu'il agaçait, et que cette solitude peut-être était la conséquence de son comportement, que son désir d'absolu, ses exigences pas ordinaires dérangeaient. Il attendait, désespérément.

- Non, je ne *peux* pas raccrocher…

Mais ce genre de sonnerie qui ne s'arrête pas pénètre dans le cerveau, s'installe dans les chairs jusqu'à les vriller, jusqu'à s'enrouler autour des nerfs.

C'était avant… Maintenant, avec les nouvelles technologies, si on ne raccroche pas, la sonnerie s'interrompt d'elle-même très vite et vous laisse dans le vide. Ce n'est pas très agréable mais le silence irrite moins que les appels lancinants qui tentaient de masquer une absence prolongée.

De toute façon, il n'y avait plus d'abonnée au numéro… Il le savait. Laura était morte. Aussitôt ses enfants avaient fait couper l'électricité, l'eau, le téléphone, avait débarrassé l'appartement. En moins d'un mois tout avait été fini. Plus aucun lieu ne pouvait abriter l'âme de Laura. Ses affaires avaient été dispersées. Les meubles, vendus. Les livres, donnés. Les robes, jetées. Elle ne pouvait l'appeler. Il ne pouvait plus l'entendre s'inquiéter. Avant, elle lui téléphonait tous les soirs. Elle avait besoin de savoir qu'il était bien rentré, que tout allait bien, qu'elle pourrait s'endormir confiante, rassurée.

Elle était morte, perdue pour toujours. Il le savait ; il était allé à son enterrement. Deux ans après, il aurait dû cesser de l'attendre. Morte brutalement alors qu'ils se parlaient au téléphone. Il ne pouvait avoir de doute.

Il ne pleure pas. Il ne sait plus pleurer. Tout au moins dans la vie. Alors il va au cinéma voir des films tristes. Pour pouvoir pleurer. Il y a quelques jours il a découvert que même un film publicitaire pouvait l'émouvoir au point d'embuer sa vue de douces larmes éphémères. Trop fragile sans doute pour ne pas s'éprendre du destin de ces deux personnages, un garçon et une fille, dessinés par un enfant qui déchire son œuvre et ainsi les sépare à jamais. La petite fille mise à la poubelle se retrouve dans une benne à ordures. Sur l'autre bout de papier, un petit garçon, parvient à la rejoindre, en clopinant. Tous deux finissent par être réunis par miracle, main dans la main, sur la couverture d'un livre … grâce au recyclage du papier prôné par le commanditaire de la pub, EcoFolio : « *avec le tri, le papier a plusieurs vies* ». Les images sont accompagnées d'une chanson qui contribue à l'émotion. Il se dit que son aimée a également été mise à la poubelle. Il songe que peut-être il devrait aussi se jeter dans une benne à ordures afin de la rejoindre. Tous deux recyclés, ressuscités, pourraient enfin vivre un amour serein, imprimés sur la couverture cartonnée d'un livre et bien à l'abri sous une pellicule plastifiée. En ces temps de recyclage, cela ne devrait pas être impossible !

Pourtant sa lucidité l'empêchait de rêver. Bien sûr, les cellules qui le constituaient actuellement participeraient au grand recyclage mais elles seraient éparpillées et son identité dissoute. Il n'y avait aucune chance pour que son identité au complet fît partie de la prochaine livraison. Certains prétendent se souvenir de leurs vies antérieures ? Comment les croire ! Comment croire qu'ils aient pu conserver leur intégrité, qu'une partie d'eux-mêmes n'ait pas été ébréchée, anéantie dans les multiples voyages aller-retour indispensables au réapprentissage de l'humanité. Et de surcroît, comment espérer l'inconcevable : les retrouvailles de deux êtres réincarnés ? Une telle traversée ne peut exister que dans un roman, dans un conte ou dans le brouillamini de récits ésotériques ! Le vent de la réalité balaye les cadavres et les disperse.

Il y avait bien deux ans que Laura était morte lorsque Nicolas eut l'idée de téléphoner à son ancien numéro. Il ne céda pas tout de suite à son impulsion. Il se sentait idiot. Et il dut s'avouer qu'il avait peur. Il résista pendant au moins une semaine. Lorsqu'il se décida une angoisse insurmontable le saisit. Il n'eut pas besoin de se reporter à son répertoire. Le numéro était gravé en lui, figé dans sa mémoire, prêt à être réactivé. Oui ou non, allait-il passer à l'acte ? Il savait ce qui se passerait. À moins que le numéro ait déjà été réattribué. Quoiqu'il arrivât, son angoisse n'était pas justifiée. Et puis l'idée s'était imposée et il ne lui était plus possible de faire comme si elle ne s'était pas accrochée à lui. Renoncer, c'eût été une façon d'oublier Laura, de déclarer notoirement qu'il ne l'aimait plus. Il lui fallait obéir. Il devait téléphoner, en dépit de sa peur, et même en dépit de ses certitudes – trop approximatives, car sans cela pourquoi aurait-il eu peur ? Il avait donc fini par céder à la tentation, les mains moites, le cœur alourdi battant furieusement dans son thorax.

Une voix de femme lui répondit, mais ce n'était pas celle de Laura :

« Désolée, mais ce numéro ne peut pas être obtenu. Vérifiez que le numéro que vous avez composé est correct et renouvelez votre appel. »

Son rythme cardiaque cesse de battre de l'aile. Il peut se reposer. Le silence revient.

Le silence était revenu et avec lui l'absence de Laura qui lui disait qu'elle ne reviendrait plus, qu'il fallait maintenant le comprendre et se montrer raisonnable. Mais il n'avait jamais été raisonnable. Ce n'était pas la mort de Laura qui allait changer les choses. Il avait toujours été un peu fou, marchant en équilibre instable sur la frontière dangereuse qui sépare les mondes, lucide ET fou. Il se définissait ainsi. Sur la frange écumeuse qui relie les mondes.

À chaque fois, l'angoisse est la même. Le numéro le conduira-t-il un jour à quelqu'un d'autre ? Et chaque fois, il se demande : « et si Laura me répondait ? »

C'était bien cela qui générait son angoisse. La voix de Laura pourrait lui faire perdre complètement ses repères. Quel serait le sens de ce prodige ? Qu'il avait été abusé ? Qu'elle n'était pas morte ? Ou peut-être oublierait-il d'un coup qu'elle avait disparu ? Ou bien penserait-il être en contact avec *l'ailleurs* ? Cela signifierait qu'il avait lui-même franchi un cap, un cercle, qu'il serait mort aussi ou seulement parti, comme Orphée, à la rencontre d'Eurydice ? Rien ne pouvait être certain. L'univers ne lui paraissait pas nécessairement appartenir au réel. Qu'il y ait autour de lui des gens de toutes sortes qu'il aurait été incapable de créer ne lui semblait pas une preuve suffisante. Pas plus que la ronde des aiguilles au cadran des horloges. C'était cela, bien sûr… rien n'était réel ! Et Laura n'avait été qu'un rêve, et en raison de cela il pouvait la rejoindre, dans un autre rêve. Dormir et la retrouver. L'étreindre. Ne plus la perdre.

Et si elle répondait, aurait-il encore peur ?

La troisième fois, il essaya d'appeler de son portable. Aucune sonnerie. Le silence. Et sur l'écran, ce message : « numéro incorrect ». Incorrect ? De quel droit un appareil décide-t-il que le numéro de son aimée est incorrect ? Pour combattre le pouvoir de cette machine sans cervelle, il enregistra le numéro sur la carte SIM mais au lieu d'y associer le nom de Laura, il inscrivit : « au-delà », donnant ainsi une existence à une notion qui lui était étrangère. À moins qu'il eût seulement voulu évoquer le dépassement de son amour « au-delà » de toutes mesures, le passage vers un inconnu dépourvu de toute connotation religieuse. Non pas un paradis de pacotille, mais une intrusion dans l'imaginaire.

Il restait parfois des mois sans appeler. Généralement, il attendait plusieurs jours avant de donner suite à son impulsion suscitée de façon fulgurante par la remontée d'un souvenir, une bouffée de nostalgie ou d'incrédulité. Il appréhendait le moment où le numéro aurait un nouvel abonné. Dans combien de temps ? Il l'ignorait, mais cela ne manquerait pas de se produire.

Alors, il imagina qu'une femme lui répondait, et qu'il saurait la retenir. Il lui fixerait un rendez-vous. Il saurait la séduire. Oui, c'est bien ainsi que les choses se passeraient. Laura ne pouvait pas être morte sans être en même temps continuée. Cela se passerait ainsi, il le savait. Ce ne serait pas une trahison. Et tout serait à recommencer.

Pourtant, il ne pouvait s'empêcher de songer qu'il avait assisté à la mort de Laura, justement par téléphone. Sans y croire. Elle avait beau présenter tous les symptômes de l'infarctus, il n'y avait pas cru. Elle avait posé l'écouteur le temps d'aller voir si elle avait de l'aspirine dans son armoire à pharmacie, pour calmer cette douleur à laquelle elle refusait de donner un nom. Elle croyait naïvement – ou voulait croire – que sa douleur et sa fatigue résultaient de sa chute deux jours plus tôt.

- J'ai dû me casser une côte …

Quand le silence s'était prolongé au-delà du normal, il avait crié :

- Laura, Laura !

Il savait, mais sans y croire. Il avait tenté d'aiguiser à l'extrême ses facultés d'écoute et avait perçu des cris d'enfants, comme si une cour de récréation avait empli l'appartement de Laura, des cris et des rires, brièvement, et de façon atténuée, diffuse. Puis, plus rien.

Les pompiers l'avaient en effet trouvée dans la salle de bains, recroquevillée, amas de branchages cassés désormais bons à jeter au feu. Ce soir-là, plus que d'habitude, il n'avait pas su raccrocher à temps, serait-ce pour appeler les secours, parce que le silence trop long ne pouvait pas s'expliquer autrement que par cette mort qu'il refuserait d'admettre.

- Laura !

L'appeler encore. Croire qu'elle pût lui répondre. Rien que le souvenir de cette soirée l'incitait à renouveler ce geste, jusqu'à l'absurde, susciter le miracle.

Rien ne se passait. Il vivait d'une mémoire effilochée, peuplée de fantômes mais en lui les photos, au lieu de s'effacer, se paraient d'une lumière qui mettait en valeur un noir et blanc de plus en plus somptueux, superbement contrasté. Téléphoner régulièrement aux « abonnés absents » relevait de ces rites dérisoires – mais nécessaires – qui lui permettaient de revisiter le passé pour traverser le présent, en limitant la sensation de vertige, les risques de nausée. Aborder le monde chaque jour suppose qu'on s'y sente à l'aise et le pied marin. Chacun s'accommode du chemin comme il peut, avec ses superstitions de bazar, avec des arrangements diaboliques. C'est à cette seule condition qu'il peut se détourner de l'obsession de son propre effacement. Rien ni personne ne peut lui venir en aide. Il est seul à combattre comme il sera seul à décider s'il doit ou non poursuivre le périple.

Paradoxalement, les saisons sans Laura semblaient à Nicolas passer de plus en plus vite. Trop vite. S'il la gardait en lui, il se désolait que leur vie commune s'éloignât si rapidement. Il s'oubliait, se perdait, sans cesse obligé de fournir des efforts pour coïncider avec son reflet. Celui que les autres lui renvoyaient. Celui qui jadis avait été élaboré par ses parents, dans une vie qui ne lui appartenait plus.

Jusqu'au jour où, beaucoup plus tard, il appela encore une fois.

Il s'était habitué à l'angoisse et à l'attente. À la douleur. Au sentiment d'avoir cessé d'exister.

Le numéro composé, il écoute les sonneries, et brutalement reçoit comme un choc. Le bruit, le déclic, lui traversent le corps. Quelqu'un a décroché. Une voix de femme qui dit :

-   Allo !

-   Laura ?

-   Oui.

CARICATURE ?

Madame Alson est une horrible petite personne affublée d'une voix criarde. Pourtant, elle ne semble pas particulièrement antipathique. D'apparence fragile, on pourrait certainement la réduire en un tas de petits fragments secs et cassants. Mais sa voix… sa voix est désagréable au possible. Et il lui arrive bien rarement de se taire !

Tous les matins, en arrivant au bureau, elle commence par téléphoner chez elle, pour avoir des nouvelles de sa petite Isabelle qu'elle a quittée une heure plus tôt :

-   Allô ? Ma puce… c'est maman… oui, tu vas être sage avec mémé ! Mais non, papa ne rentre que ce soir…

Allez, passe-moi mémé ! Allô… c'est toi, maman… ne la bourre pas trop de gâteaux, hein ! non, non ! Ne l'emmène pas au parc, tu sais très bien qu'elle est encore enrhumée, elle pourrait prendre froid. Mais qu'est-ce qu'elle a à crier ? Je te dis que non ! Qu'est-ce qu'il y a encore ? Passe-la-moi … oui, c'est bien… au revoir… Allô, ma chérie… oui, je te le promets… Ma petite puce, je t'embrasse – bruitage – oui, fais-moi un gros bisou… oui… oui.

Ouf. Chaque fois, elle doit raccrocher parce que la gamine se met à pépier et à implorer. Et elle est bien obligée de raccrocher car elle veut à son tour pépier et bavarder. Les collègues sont habitués. Ils n'ont même plus besoin d'écouter.

Isabelle a encore fait des bêtises. La grand-mère ne sait pas la tenir et madame Alson est furieuse car son mari n'en fait qu'à sa tête. Impossible d'élever correctement un enfant si les parents ne se mettent pas d'accord ! Un enfant qu'on a eu tant de mal à mettre au monde !

Et pour la centième fois, elle recommence le récit de son accouchement ! Les autres mères l'écoutent sans rien dire. Chacune a eu sa part de souffrance ; inutile d'en parler davantage. Tout de même, madame Bertrand se met à raconter la vie de sa cousine. Des phrases en entraînent d'autres. Monsieur Filipi entreprend de commenter l'émission télé de la veille au soir. Certainement un film intéressant !

- Un film intéressant, réplique madame Alson.. Il y avait pourtant des longueurs et puis le personnage principal était horriblement mal joué !

Mademoiselle Sauvage pense le contraire. Elle a surtout trouvé qu'il y avait trop d'invraisemblances.

- Oui, c'est totalement invraisemblable, s'exclame madame Alson.

Et la conversation se poursuit. Et toujours, madame Alson répète ce qu'un autre vient de dire. A-t-elle seulement vu le film ? On peut se poser la question ! De toute façon, cela est sans importance. Elle sait en parler. Elle se donne l'illusion qu'elle est la plus érudite et la plus sensée des femmes. Sa petite voix s'acharne, prend de l'assurance. Elle joue l'étonnée. Elle paraît réellement scandalisée, voire outragée.

- Comment, tu n'as pas compris ?

Elle ne dit pas cela mais elle semble le dire. Les autres ne savent jamais s'organiser, les autres ne savent pas s'habiller.

- Tu as vu ? Ton ourlet est défait !

Elle ne comprend pas comment on peut se permettre une telle négligence.

- Savez-vous… mon mari avait invité un ami à dîner. Il ne m'avait même pas prévenue ! Après cela, comment voulez-vous que je me débrouille … !

De temps à autre, elle jette un œil distrait sur les mails qui sont arrivés, se plonge dans un dossier. Mais depuis dix ans qu'elle est dans la Maison, elle ignore à peu près ce qui se passe autour d'elle.

- Qu'y a-t-il à faire aujourd'hui ?

Comme si elle ne savait pas que les avis d'attribution doivent tous être partis avant la fin du mois ! Mais elle a besoin d'un autre stylo. Et puis, avant de se mettre à travailler « pour de bon », elle va dire bonjour aux collègues des autres bureaux. Et quand tout le monde commence à goûter un peu de paix, songeant à ses propres problèmes, elle revient de sa tournée et se plante au milieu de la pièce.

- Vous ne savez pas la dernière ? La pauvre madame

Germon a été plaquée par son mari … Elle va être obligée d'annuler son voyage aux États Unis ! Vous vous rendez compte, elle a déjà versé des arrhes ! Ils ne lui rembourseront jamais. Moi, un jour, ça m'est arrivé. Je devais aller voir une amie qui s'est installée au Canada. J'avais déjà pris mon billet quand je suis tombée malade. Pensez donc, une pneumonie en plein mois d'août ! Il a fallu faire des tas et des tas de démarches ! J'ai quand même été remboursée parce que c'était un cas de force majeure, et encore, il m'a fallu attendre longtemps ! Mais elle… dans sa situation, ça m'étonnerait qu'elle obtienne quelque chose ! Remarquez, à sa place, moi, j'irais quand même. Elle ne va pas rester chez elle à se morfondre. Cette pauvre madame Germon, je l'ai vu, un jour, son mari, il n'avait pas l'air mal. J'aurais jamais cru …

La discussion est ouverte. Chacun exprime son avis. Et madame Alson de leur donner raison. Arrive monsieur Borgman, le chef de service qui vient apporter le courrier. Madame Alson prend les lettres qu'on lui tend et va s'asseoir. Pendant quelques minutes elle s'applique à étudier des dossiers, à calculer des montants et des pourcentages.

-   Mais décidément, ces gens sont complètement idiots ! Pas un imprimé n'est rempli correctement !

À aucun moment, elle ne montre indulgence ou compréhension pour ces familles déshéritées dont elle s'occupe. Ce sont elles qui ont tort, inévitablement. Madame Alson est bavarde mais elle est également ordinaire et irréfléchie. Heureusement, d'autres ont plus d'indulgence pour ses erreurs, car elle en commet beaucoup et sans même y attacher d'importance.

- Ah, qu'est-ce qu'on mange à midi ? Cette cantine est de plus en plus mauvaise ! Hier, j'ai à peine touché au plat. Et les entrées ! C'est tous les jours les mêmes. Il y a de quoi se lasser. Je ne sais pas, moi, mais où travaille mon mari ça a l'air nettement mieux. Il est vrai que ce n'est pas financé par l'État. Si c'est du steak haché, j'en prends pas … La semaine dernière, j'ai été malade.

À table, elle continue son refrain.

-   Ce matin, je n'ai rien voulu dire devant monsieur Franc, mais c'est complètement ridicule de vouloir changer d'appartement ! Il vient tout juste d'emménager. Si encore il avait gagné au loto, je comprendrais. Tiens, à propos, j'ai encore eu deux chiffres. Ça fait plusieurs semaines que ça m'arrive, mais question de gagner quelque chose !

Enfin, elle abandonne ses collègues pour aller faire des courses dans un grand magasin. Il y a toujours à acheter avec les enfants ! Et puis, c'est bientôt l'anniversaire du mari. Mais c'est difficile de trouver ; tout est si cher. Si seulement on était augmenté ce mois-ci. L'argent s'est tellement dévalué depuis le passage à l'euro. On ne peut plus suivre…

Celles du bureau voisin l'entendent revenir. À travers la cloison, sa voix paraît encore plus agaçante. Certaines intonations sont franchement horripilantes. Il arrive qu'on s'habitue à des bruits devenus quotidiens, mais la voix de madame Alson surprend toujours aussi désagréablement que la première fois. Quelques-uns l'ont surnommée *La Pie*, mais il s'agit d'une comparaison bien faible, bien évasive. Le surnom de *Crécelle* conviendrait davantage.

Parfois, certains en ont marre. Il y a toujours le jeune Paul pour lui répondre et entrer dans le jeu. Il fait comme il peut pour défendre ses idées vaguement révolutionnaires et pour vanter son groupe de musiciens rock dans lequel il joue de la batterie. De là, naissent, non pas des discussions, mais d'interminables dialogues de sourds. Et, pour prolonger son discours, chacun reprend le dernier mot prononcé par l'autre. Souvent, il leur arrive d'exprimer les mêmes opinions tout en faisant semblant de ne pas s'en apercevoir. En fait d'idées révolutionnaires il s'agit plutôt d'idées à la mode… et cela n'engage personne de discourir ainsi pendant des heures tout en demeurant confortablement installé dans son bureau d'employé modèle !

Aujourd'hui, elle revient scandalisée et sur les nerfs. Du haut de sa petite taille elle regarde ses collègues et, les yeux mi-clos, elle les englobe dans le magma de cette société avilie. Pensez donc ! Elle vient de lire dans le journal qu'on envisage de libérer un meurtrier jadis médiatisé à outrance.

- Pas de cadeaux pour les assassins ! On n'aurait jamais dû abolir la peine de mort, crie-t-elle.

Et le débat reprend. Il y a ceux qui sont pour la peine capitale, il y a ceux qui sont contre, ceux qui sont contre sauf dans les cas où … Pour elle, il n'y a pas de problème : celui qui a tué doit être tué et puis … on ne devrait pas accepter autant d'immigrés, cela n'est pas bon pour la sécurité de l'honnête homme. Le débat pourrait devenir passionnant. Pourtant, il demeure général et les mêmes formules reviennent toujours… des formules sans consistance.

Le téléphone sonne. Comme elle est juste à côté, elle consent à répondre. Elle n'est jamais aimable et, au lieu d'expliquer clairement, elle parle de façon agressive, comme pour se protéger de la bêtise des autres.

Madame Humbert se met à classer des dossiers. De temps à autre, elle a besoin de les compter. Cela ne fait rien : Madame Alson s'installe à côté d'elle, la regarde faire et le monologue s'installe.

-         Pour le week-end, je pense qu'on va aller au cinéma … Qu'est-ce que j'ai mal aux pieds avec ces chaussures ! Je les ai achetées hier … Mais si je les mets pas maintenant, je ne vois pas quand je les mettrai … des chaussures d'été.

Toute la journée se passe ainsi et toutes les autres journées également. Les événements ne sont pas toujours les mêmes et pourtant elle a toujours quelque chose à raconter. Et le soir arrive. Elle est épuisée – les autres aussi.

- Tout ce trajet en métro ! Heureusement, j'arrive à

m'asseoir après République. Si j'habitais en banlieue comme madame Humbert, je ne sais pas comment je ferais. Bon, allez, je ne vous retiens pas … Bonsoir !

La journée n'est pas vraiment terminée. Au moment du dîner, elle raconte à son mari et à la « petite puce » et à la mémé tout ce qui s'est passé à son travail.

- Tu sais, Loulou, je t'ai parlé de Madame Germon. Eh bien, son mari l'a quittée. En y réfléchissant mieux, ça ne m'étonne pas. Cette femme est vraiment déplaisante, si tu voyais. C'est une femme à histoires. D'ailleurs, elle ne peut rien garder pour elle ; inutile de lui faire des confidences…

Le mari écoute. Puis il se met à parler de son entreprise. Elle lui donne raison. Il ne faut quand même pas qu'il se laisse mener par ses employés. Justement dans son service, elle a une camarade qui a travaillé chez Maillot et fils. Cela ne se passe pas comme ça chez eux …

Elle jacasse. Isabelle essaie de l'imiter mais elle a beaucoup de mal à suivre.

La télé est allumée. Madame Alson continue de jacasser.

De commentaire en commentaire, elle décortique le film. On pourrait croire qu'elle s'y intéresse. Non, elle n'en retient que quelques images. L'actrice qui se fait assassiner au début lui rappelle une ancienne copine qu'elle a maintenant perdue de vue. Ce paysage, vraiment, est magnifique ! Il faudrait un coin comme ça pour les vacances.

- N'est-ce pas chéri ?

Le mari est en train de lire et ne fait pas attention. La mémé essaie de suivre l'intrigue du film tout en tricotant une petite robe pour la gamine qui a été mise au lit. Au moment de se coucher, madame Alson explique encore à son époux les détails d'une émission qu'il a eu tort de ne pas regarder. Et pour finir, elle ajoute :

- Voilà une journée bien remplie, il est temps d'aller dormir !

LE TRAIN

Il ouvrit la porte vitrée d'un geste indifférent, et avança sur le quai de la gare.

C'était un homme d'une trentaine d'années environ, ou du moins c'est ce qu'il semblait à cause de son visage encore très jeune et de sa démarche fortement assurée. Il se dirigea vers l'escalier de métal rouillé puis traversa la courte passerelle. De l'autre côté, le quai était désert.

Une énorme horloge blanche trouait le ciel et l'homme la regarda pendant quelques instants. Le train n'arriverait que dans une dizaine de minutes. Venu là pour attendre un ami, cela faisait longtemps qu'il n'était pas entré dans une gare.

L'automobile suffisait à ses besoins et son dernier voyage en train remontait à son enfance alors que les paysages captivaient encore son regard par leurs formes étranges.

La pluie se mit à tomber. Une pluie monotone, fine et presque ridicule, plaquée sur le monde comme un reflet de l'air.

L'homme s'était assis, soudain fatigué, les yeux perdus au-delà du jour vague, et les mains posées à plat sur ses genoux. Un moment, il regarda ses longs doigts, fléchis sur l'étoffe, puis il vit les rails accrochés dans le sol, à quelques pas de lui. Les rails s'étendaient plus loin encore, là-bas où, libérés des deux quais de pierre ils explosaient en gerbes décousues. L'homme vit leur danse gigantesque, le corps des rails se mêler et se disjoindre, leur mouvement frénétique serpenter vers l'horizon, et une force nouvelle envahit sa conscience.

Il y avait si longtemps... lui qui, même enfant, n'avait jamais rêvé de trains, lui qui chaque jour refusait le temps de s'arrêter pour mieux voir autour de lui le jeu incessant que la vie trame et détruit, pour la première fois il éprouva une fascination pour ces machines grotesques, nées d'une conjonction bizarre entre le fer et l'énergie, entre la matière et l'esprit de l'homme. Des trains passaient devant lui, tous plus rapides que les précédents, beaux, gigantesques, hallucinants. Leur longue succession de wagons se projetaient sous la pluie, au-devant d'on ne sait quel rivage. Chaque fois, l'homme se sentait envahi par le vertige, le vacarme rythmé et obsédant.

Il semblait que jamais ne cesserait le défilé de ces animaux d'acier et l'homme, pris d'une espèce de fièvre, ne vit plus rien, tout entier empli par la vitesse et le bruit.

L'un de ces monstres qui arrivait à une allure jamais égalée, parut reprendre forme, peu à peu, et finalement termina sa course dans la petite gare déserte où il s'arrêta, essoufflé et bruissant.

L'homme, de son banc, vit la machine se couler sur les rails, près de lui. La pluie très discrète persistait à tomber. L'homme semblait vide. Son regard agrandi fixait un point au-devant, peut-être sur le train, peut-être ailleurs. La petite gare était déserte. La pluie toujours, sur les ardoises chantait faiblement.

L'homme qui avait écarté ses longs doigts et les avait crispés sur le banc, de chaque côté de lui, se leva précipitamment et, oubliant ce qu'il était venu faire dans cette gare, pénétra dans le train à l'arrêt.

Aucun voyageur n'en était descendu. Aucun visage n'était apparu aux fenêtres. La pluie calme et rompue se mit à ruisseler sur le train. L'homme était monté. Les wagons s'ébranlèrent.

L'homme, à tout hasard, pénétra dans le premier compartiment. Celui-ci était vide. Il s'assit près de la vitre et regarda au dehors.

À la plaine immense, jaune et triste, succéda une large forêt où pêle-mêle jaillissaient de hautes fougères toutes hérissées contre la demi-clarté, où toutes sortes d'arbres se projetaient vers le ciel en brusques amas de feuillages. La pluie avait cessé de meurtrir le jour. Le long du train, les rails poursuivaient leur danse folle, l'enserrant de ci, de là, pour mieux s'en défaire quelques temps après.

L'homme détacha son attention de ce voyage qui l'épuisait ; il chercha à libérer son esprit. Pendant un moment sa vue erra sur les hautes cimes, à l'endroit où les nuages commençaient à se disperser afin que le soleil pût affermir sa lumière encore hésitante. Puis, brusquement, il se retourna. Une femme venait d'entrer : elle s'était assise sur la banquette opposée. Il ne s'étonna pas de voir cette voyageuse, arrivée de nulle part, ni de son regard large, fixé sur lui. Il se contenta de lui sourire tout en la contemplant.

L'homme ne voyait que ce que son esprit lui permettait de voir ; il ne savait pas ce qu'il faisait là, dans ce compartiment, dans ce train même qui l'emmenait au travers du monde vers une gare inconnue. Il ne savait pas qui était cette femme qui, silencieuse, le regardait. Et pourtant, il ne cherchait pas à comprendre. Sa pensée était distraite et comme happée par le chevauchement des rails ruisselant entre les flaques d'eau. La femme lentement passa sa main devant son visage et quelques secondes après le paysage fut dévoré par l'obscurité d'un tunnel. La nuit ne dura pas. Lorsque la lumière vint à nouveau buter contre la vitre du train, l'inconnue n'était plus là.

L'homme ne s'étonna ni du geste de la femme ni de sa disparition. Une nouvelle fois, il se détourna et regarda à l'extérieur.

Les flaques de pluie une à une claquaient contre le fer ; le soir déjà s'amplifiait au-dessus de la terre. La forêt était devenue broussaille, puis étendue marécageuse. Un peu plus loin, de grandes herbes sèches coupaient l'horizon de leurs traits, dressés en tous sens.

La nuit, en rafales d'ombre s'abattit sur le ciel. Et le train toujours s'enfonçait, et l'homme toujours regardait au-delà…

La nuit lui parut de courte durée. Il s'était levé. Lentement, il avançait dans le couloir et constatait que personne n'occupait les autres compartiments. Il alla de wagon en wagon, mais son ombre seule, par instant, s'inclinait sur les parois lisses. Le train était désert. L'homme marcha plus rapidement. Une angoisse sourde commençait à le ronger.

En revenant à sa place, l'homme vit que le jour se levait. Une lueur blême et jaunâtre s'incrustait dans une steppe aride. Au loin, on devinait la mer se dépliant en silence sur le sable déjà chaud. Le ciel, sans un nuage, était lui-même plage, était chaleur et bruissement torride.

Un vieil homme entra dans le compartiment. Son visage était ridé et sa peau légèrement jaunie comme un vieux papier ; son regard petit, mais insidieux jugeait l'homme assis près de la fenêtre, face à la lumière naissante.

L'inconnu demeurait debout, immobile. Par la main il tenait un jeune garçon qui, de ses yeux clairs, regardait aussi au-delà de la vitre. Celui-ci soudain vit quelque chose au dehors et il se précipita en avant pour saisir au dernier instant le reflet de sa vision. C'est à ce moment que l'homme s'aperçut de leur présence et son angoisse plus grande encore l'empêcha de parler.

L'enfant revint auprès du vieillard et tous deux repartirent dans le couloir vide.

La mer au loin, comme une tache trop bleue avait fondu contre le ciel. Quelques herbes çà et là perlaient sur le sable. Le train fut pris de tremblements. L'homme eut la sensation que le convoi déraillait.

L'ensemble de la machine s'était immobilisé. Le soleil très haut dans le ciel pur brûlait le désert.

L'homme sortit, aveuglé, errant. Il marchait, et l'angoisse à chaque pas crispait son visage en grimace. Face à lui, se dressait une large surface opaque telle une vitre… l'homme se mit à rire, se mit à courir vers la grande vitre. La grande vitre ou la grande mort. Il aurait voulu courir et que la vitre comme son rire se brise, se brise… qu'elle s'éclabousse en flaques de pluie contre le soleil… la grande vie…

Mais la vitre toujours fuyait sous ses doigts. Il s'assit sur le sable.

Un autre train surgit promptement du néant, jailli dans un fracas de fer.

L'homme était assis sur un banc. La petite gare de province s'animait de quelques dizaines de gens bavardant et riant sous le soleil. Un train venait d'arriver. Les voyageurs descendaient leurs valises.

L'homme était assis et près de lui son ami attendait. Il le regarda, interrogateur. L'ami sourit.

- Alors, tu ne me reconnais pas ? À quoi rêves-tu ?

L'homme hésitait. L'ami attendu aurait dû être un jeune homme et celui qui se présentait devant lui semblait avoir soixante ans, peut-être plus. Pourtant quelque chose dans la voix, dans le regard aussi, lui fit comprendre qu'il ne s'agissait pas d'une erreur, et il rassura son ami.

À ce moment il sentit que lui aussi avait terriblement vieilli. Il ne comprenait pas et cependant il *savait*. Il savait que tout à l'heure il avait trente ans et que désormais il avait dépassé la soixantaine. Il savait qu'il ne devait pas s'étonner, et que ces trente années d'absence ne voulaient rien dire puisque l'univers ne s'en était pas rendu compte.

Les deux amis traversèrent le hall de la gare.

L'homme jeta un coup d'œil dans un miroir. Il se reconnut, lui, individu vieilli après une existence de soixante ans. Comment comprendre ?

Il sut que les souvenirs viendraient peu à peu, que dans son esprit, la mémoire de tout cet espace de vie se mêlerait à l'autre mémoire, celle des faits apparemment vécus et que demain déjà, il aurait oublié que la conscience peut créer le souvenir de ce qui n'a jamais été.

L'ANTICHAMBRE

Il se réveilla. Il avait l'impression de s'éveiller, mais il ouvrit les yeux sur un univers inconnu : une vaste pièce blanche, tout carrelée de blanc, comme aseptisée. Il était allongé dans un lit qui constituait l'unique mobilier de la pièce. Sur toute sa longueur, de chaque côté, six petites lucarnes laissaient passer une lumière violente, une lumière blanche. Ces ouvertures étaient placées si haut qu'il eût été inutile de chercher à les atteindre. De toute façon, la vitre opaque ne pouvait rien laisser deviner du monde extérieur.

Il ne comprenait pas. Il n'avait pas perdu la mémoire et pourtant il ne se souvenait pas de l'endroit. Il ne s'était pas endormi là, il le savait. La nudité du lieu l'effrayait. Il attendit un long temps avant de se lever. Au début, il eut beaucoup de mal à se tenir debout. Un intense vertige l'obligea à se rasseoir.

Chute d'étoiles à l'intérieur de son crâne. Debout et nu, il chercha désespérément une issue. Il fit quelques pas jusqu'au mur le plus proche. Il longea le mur. Le carrelage succédait au carrelage. Dans le lit, le drap pendait comme une écharpe, rejeté. Il n'y avait pas de couverture. Le matelas était recouvert d'une toile blanche. À l'infini, la blancheur du vide et de la nudité, du dépouillement extrême. Il avait peur. Il se recroquevilla dans un angle et prit sa tête entre ses mains. Une nuit colossale habitait son corps et déambulait au travers de ses veines. Sa mémoire ne lui renvoyait que des images anciennes qui l'envahissaient par bouffées, jusqu'à l'étouffer d'une angoisse impossible à calmer.

Vision d'une crypte, également blanche, et qu'il avait visitée, il y avait longtemps, alors qu'il était encore enfant. Une crypte remplie de soleil, avec de grandes taches d'ombre et de grands espaces vierges. Pourtant, la sensation n'était pas tout à fait la même. Ici, la blancheur était froide et manquait de soleil. D'ailleurs elle ne provenait certainement pas du soleil. Au contraire, tout semblait artificiel et la vue de ce carrelage uni, tout autour de lui, lui était insoutenable. Lit d'hôpital ? Ou de morgue ? On allait le disséquer… À cette pensée, il eut envie de crier. Et il cria en effet mais son cri se répercuta contre les murs et l'écho se multiplia, résonna, se répercuta, tout en s'atténuant, et son cri lui entra dans le crâne jusqu'à ce que son corps fût totalement pris dans un tremblement qu'il eut beaucoup de difficultés à résorber. Il croyait y parvenir, mais une convulsion l'agitait encore et pendant de longues minutes le souvenir de ce cri balaya tous les autres souvenirs.

Un jardin. Il rêvait d'un jardin. Il rêvait éveillé qu'il se trouvait dans un jardin au bord de la mer. Des animaux étaient dans des cages et des gens se promenaient pour les regarder. Des enfants couraient le long des allées. Après le parc, tout au bout de la ville, un chemin longeait la mer, au bord d'une falaise et il entendait les vagues se défaire contre la paroi rocheuse. En bas, des galets retenaient le soleil après le passage des vagues. Le soleil. Un scintillement l'atteignit en plein regard, l'aveugla. Il tomba. Sa chute s'éternisait au-dessus de la mer. La mer était devenue blanche. Elle ressemblait à la mort. Il se retrouva à l'angle du mur. Il demeura ainsi, à attendre, redoutant de nouvelles visions, de faux souvenirs – tronqués, mutilés – redoutant de fausses espérances.

Il demeura longtemps immobile. Il lui sembla que toute la journée venait de s'écouler. Mais rien, absolument rien n'avait changé depuis son réveil. La lumière diffusée par les lucarnes opaques continuait de s'épandre froidement dans chaque recoin de la pièce. En effet, peut-être parce que les sources de lumière étaient situées en plusieurs points opposés, aucune ombre ne tachait le carrelage. Il prit conscience qu'il ne possédait aucun refuge. Il était seul et nu au milieu d'un espace. Il n'était pas exclu qu'un regard extérieur pût pénétrer ici, l'observer.

Soudain, il eut envie de dormir. Non qu'il eût sommeil, mais il voulait fuir, retrouver une vraie vie. Il retourna sur le lit, s'allongea et, curieusement, s'endormit aussitôt, sans avoir cherché davantage une explication qu'il n'eût certainement pas trouvée.

Dans son sommeil il crut être devenu la proie de deux ou trois moustiques qui le harcelaient et vrombissaient autour de lui. Il sentit leurs piqûres. Il entendit leur bruissement obsédant. Toute sa chair le démangeait et il aurait voulu pouvoir se mordre, se déchirer. Aucun cauchemar réel mais sans cesse la présence des suceurs de sang. Il ne se réveillait pas vraiment. Il percevait et ressentait sa douleur dans un demi-coma et ses yeux, sous les paupières, devinaient le halo persistant de la lumière, de la lumière blanche.

Il se réveilla. Il ne sut pas s'il avait dormi le temps d'une nuit, d'une heure ou d'une semaine… Il n'avait plus aucun point de repère. À ce moment seulement il s'aperçut qu'il n'avait pas de montre à son poignet. Nuit douloureuse et pourtant, il se réveilla reposé et calme. Il ne découvrit aucune trace de piqûres sur son corps ; il ne ressentait plus rien. Il se demanda alors s'il n'avait pas rêvé. Cela n'était pas plus rassurant. Car il était encore dans la salle carrelée de blanc, sans issue ; pas même une fissure ne pouvait être décelée sur les murs. Il se mit à réfléchir avec plus de lucidité qu'au début de sa réclusion. Peut-être une porte se cachait-elle entre deux séries de carreaux … Il se leva. Le vertige semblait moins violent qu'après le premier réveil ; pourtant, il se rassit quelques instants. Ensuite, il alla jusqu'à l'extrémité de sa prison et il commença à en faire le tour, lentement, en inspectant chaque détail, chaque interstice. Et il en fit le tour plusieurs fois. Il ne voulait pas admettre qu'un espace pût être totalement clos. Un espace vide mais avec un lit au milieu. Un lit, des draps et un homme.

Il ne voulait pas perdre la raison. Il fallait analyser chaque observation. Il arriva un moment où il n'eut plus rien à observer. La salle était vide. Au centre, un lit, fixé au sol, lui servait de chemin pour le conduire à la nuit. Il devenait son unique moyen de fuir. Au-dessus de lui, le plafond était peint – en blanc – et sur les deux murs les plus longs, des ouvertures aveugles diffusaient une lumière vraisemblablement artificielle.

Peut-être avait-il déjà perdu la raison … Non, il savait que rien n'avait changé en lui. Seul l'extérieur avait subi une étrange mutation. Il était sûr de n'être pas atteint d'un défaut de perception. Certains signes ne pouvaient pas le tromper, lui, si fier jusqu'alors de son sang-froid, de son inflexible volonté !

Il ne voulut pas se résigner si facilement. Il se mit à marcher. Cette première journée – il devait se résoudre à nommer « journée » le temps de veille entre deux points obscurs de sa conscience – , la première journée, il était demeuré assis, apeuré, et même profondément hébété. Il ne devait pas accepter. Il marcha. Il tourna et tourna plusieurs fois autour du lit, décrivant des courbes qui se resserraient ou s'élargissaient, et toujours il était ramené à lui-même, à sa seule présence. Dès qu'il se laissait aller, sa mémoire remontait en lui. Et les images avaient la consistance d'un événement réel, le secouaient atrocement et le lâchaient brusquement dans la salle blanche, l'abandonnaient, seul, en proie à une extrême lassitude. Cet arrachement à l'espoir lui était si pénible qu'il eut préféré ne pas se souvenir. Mais il subissait une mémoire. Parfois même, il se demandait si cette mémoire était réellement la sienne.

Il était à table en compagnie d'une femme. Dans un restaurant. Ils parlaient mais la vision ne lui restituait aucune parole. Masques articulés pour une scène définitivement perdue. Ils semblaient s'aimer. Il approchait sa main de la sienne, l'effleurant. Sur les verres, leur visage se reflétait, avait pris la couleur du vin et entre eux se reflétaient également les lampes du restaurant, les autres tables… tout un monde en réduction et le sourire de cette femme que sans doute il avait aimée, avant.

Il était dans une forêt. Seul. Il avait la tête levée et regardait le haut des arbres balayé de soleil.

Il était dans une voiture et roulait sur une route déserte. La nuit répandait des ombres tout autour de lui, l'enveloppait dans un silence feutré. Il se sentait bien. Une fraîcheur imperceptible entrait par la fenêtre ouverte et le caressait. Il traversait un village. Toute vie était endormie. Seule l'horloge de l'église se mit à sonner.

Soudain, à la sortie, dans le dernier virage, une voiture arriva en face de lui, l'éblouissant de ses phares trop blancs.

Les murs étaient blancs. Les draps étaient blancs. Après une longue veille il alla s'allonger et s'endormit aussitôt, comme la première fois. Les moustiques recommencèrent leur besogne. Il se débattait contre les piqûres, contre le bourdonnement près de son oreille.

Le réveil fut identique aux précédents. La troisième journée commença. Ce n'est qu'à cet instant qu'il prit conscience que sans être abreuvé ni nourri il n'éprouvait aucun symptôme de faim ni de soif. Il était comme en sursis. Il reprit espoir. S'il pouvait subsister sans manger, c'était que ce trop long cauchemar allait prendre fin, il s'agissait d'une parenthèse ; seule sa notion du temps devait être erronée...

D'autres visions l'assaillirent mais il les subit avec plus de patience. Et pour hâter le cheminement de cet étrange périple, il ne tarda pas à retourner s'allonger.

Au début de la quatrième journée, rien ne s'était modifié. Il avait souhaité bousculer l'ordre des choses, exorciser le démon qui le menait près de la folie, dans l'incohérence d'un jeu dont il ignorait les règles. Rien ne s'était modifié ... jusqu'au moment où il entendit une voix. Le haut-parleur commença par grésiller, puis très nettement il entendit :

- Albert Kraal !

Aucun haut-parleur n'était visible mais cela était sans importance ! Quelqu'un avait parlé. Il n'était plus seul. Quelqu'un connaissait son nom. Il possédait encore une identité. Il retrouvait une identité qu'il avait cru perdre ! Son existence était contenue dans ce nom. Il se mit à crier :

- Oui, je suis là. Qui êtes-vous ?

- Albert Kraal va mourir.

Il se tut. L'écho de sa propre voix résonnait encore. Il voulut courir vers le point d'où venait l'autre voix mais il se rendit compte qu'elle émanait de partout. Toute la pièce avait été emplie d'un coup par cette terrible sentence :

- Albert Kraal va mourir !

Il eut beau questionner, implorer ; il n'entendit plus rien. Des pensées de toutes sortes affluaient à son cerveau. Il crut comprendre qu'il devrait éviter d'aller sur le lit. Ces fausses nuits étaient un danger. Il tira sur le drap. Il tira de toutes ses forces mais il ne parvint pas à l'arracher parce qu'accroché à une extrémité, entre le matelas et le lit. Cela formait un tout impossible à détruire. Il ne réussit même pas à le déchirer et il abandonna tout effort.

Il alla s'asseoir comme le premier jour. Il voulait ne plus penser. L'angoisse s'était amplifiée, se ramifiait dans son ventre, dans son thorax.

Il se surprit à prier. Des paroles oubliées depuis longtemps renaissaient en lui, s'organisaient. Il continua à parler, pour lui-même, à voix basse. C'était sa façon de s'enivrer un peu. C'était accepter de se perdre.

Car il fallait accepter.

Et malgré lui, après de longues prières, il se leva pour atteindre le lit. À son réveil, la voix se fit entendre à nouveau :

-    Albert Kraal mourra au septième jour !

Il bondit, traversant la salle. Cette fois encore il ne put découvrir l'origine de la voix. Pourtant, elle indiquait une présence ... Le doute s'était installé en lui. Il n'était plus nécessaire de se mesurer contre soi-même. Il avait maintenant un partenaire, qu'il ne connaissait pas. Et c'était ça le plus intenable ... Et cette solitude. Il commençait à envisager l'hypothèse de la folie. Mais cela n'expliquait pas la solitude. Où se tenaient donc les infirmiers, les médecins ? Il n'éprouvait aucun besoin naturel. La parenthèse … simplement une parenthèse … Il se dit qu'après le septième jour il ne mourrait pas mais que la parenthèse se refermerait et qu'il renaîtrait à une autre vie, qu'il retrouverait SA vie. ET tout de suite il alla s'allonger pour une autre nuit.

Les moustiques continuèrent d'opérer. Malgré cela, il se réveilla, comme chaque matin, reposé et l'esprit clarifié. Comme si son corps avait cessé d'exister, il demeurait propre, sans exigence, sans désir.

Aussitôt la voix parla :

- Aujourd'hui est le sixième jour. Demain, Albert Kraal mourra.

Malgré sa conviction qu'il aurait à renaître demain, il ne put empêcher les affres de l'angoisse le tourmenter sans répit. Le doute venait encore, s'insinuait en lui et il hésitait à provoquer la dernière nuit. Il avait peur d'être ridicule. Certainement, on l'observait, et quand toute cette mascarade serait finie, il aurait honte. Son comportement serait jugé. C'était là la seule explication rationnelle.

Il se souvint de la petite souris blanche qu'il avait élevée quand il était enfant. Une souris dans une cage et qu'il observait et qui souvent le faisait rire. Il se sentit mal à l'aise. Un jour, la souris était morte et il l'avait jetée dans le vide-ordures de l'appartement, au milieu des épluchures.

Une atroce répugnance le saisit. S'il avait pu il aurait vomi, mais il n'avait rien à recracher. Il ne voulait pas mourir. Il ne voulait pas être jeté. Et pourtant, il ne pouvait pas survivre de cette façon, dans cette irréalité monstrueuse.

Il retourna s'allonger sur le lit, entre les draps blancs.

Le matin du septième jour, la voix l'appela mais avec douceur :

- Albert Kraal !

Il se leva. À nouveau, il y eut le vertige, mais bien plus violent que les premiers jours. Il était debout et tenait un morceau du drap. Il s'y accrochait. Il fit quelques pas. En avançant, il entraîna le drap avec lui mais il était trop faible pour y penser.

Il tomba au ralenti.

Il se recroquevilla sur le sol, contre le carrelage blanc. Sa main serrait le drap, les doigts crispés.

Il mourut sans savoir pourquoi. Sans avoir pu comprendre à quel moment et comment le destin lui avait interdit de poursuivre. Accident ? Maladie foudroyante ? Il ne sut rien.

Au dernier instant, il ne se rendit pas compte qu'il mourait. Il ne voyait que la lumière blanche qui s'accentuait et le faisait tituber.

Et il mourut.

Sans savoir pourquoi.

UNE VIE RÉUSSIE

Le journaliste, malgré l'indifférence, le bruit – peut-être à cause de l'affluence et du bruit – isolé qu'il était, exilé dans la fureur du moment, remarque le sourire de l'assassin. L'assassin que l'on venait d'arrêter souriait ! C'était assez inhabituel, voire anormal.

« Anormal ! », conclut le psychiatre venu fouiner sur les lieux du crime.

Le crime ? L'assassinat d'une petite fille qui de surcroît n'avait pas été violée !

Valentin Page avait souri de contentement, et sans même chercher à s'échapper, s'était laissé emmener, apparemment satisfait.

Tous les journaux avaient parlé de l'affaire : une fillette blonde âgée de six ans, vêtue d'une robe rouge, disparaissait sous les yeux de sa mère, en plein jardin public (celui qui longe la mer), et était retrouvée étranglée derrière un bosquet, disons plutôt un fouillis de petits arbres secs et sans couleurs. Elle semblait dormir, la chère enfant, et la mère, en la voyant, ne s'aperçut pas tout de suite qu'elle était morte.

- Clara, réveille-toi, nous partons !

Mais Clara n'était plus capable de se réveiller. Seuls ses petits poings sauvagement serrés témoignaient d'une lutte difficile, car son visage au contraire était nimbé d'une paix absolue, indécente. L'assassin avait pris la peine de lui fermer les yeux et de la poser délicatement en position de sommeil au milieu des herbes, sous le pépiement des moineaux.

Personne ne l'avait vu parler à la gamine. Personne ne l'avait vu s'enfuir. Il faisait bien tard et septembre en son équinoxe commençait à frémir, ce qui expliquait l'absence de monde en un lieu où l'été pas une chaise, pas un banc ne demeuraient inoccupés, les mères et les vieillards, les amoureux s'y prélassant avec des mines de vieux chats fatigués. Personne. Aucun témoin. Le crime parfait.

Qui aurait pu penser à la culpabilité de Valentin Page ? Fonctionnaire sans histoires, pourtant assez solitaire, passant de studieuses soirées enfermé chez lui, à écrire des romans dont aucun éditeur n'avait jamais voulu. Ses échecs ne le décourageaient pas, il continuait à écrire des récits ahurissants à mi-chemin du fantastique, imaginaire poétique sans consistance qu'il articulait autour de philosophies basées sur des concepts en apparence contradictoires : nihiliste, mystique, absurde… Il lui arrivait de dessiner aussi, et ses créatures, glauques et inhumaines, vampirisaient un monde bâti d'architectures structurées à l'extrême.

Par mégarde, il avait fait tomber son portefeuille près du corps. Et le crime parfait devint un crime banal. Les policiers n'eurent plus qu'à le cueillir chez lui. Ils savent qu'un crime, si monstrueux soit-il, est le plus souvent le fait d'un individu « normal », sans tare visible. Pourtant, ils furent surpris par l'assurance tranquille de Page qui les reçut avec politesse, ne cherchant ni à nier son geste, ni à gagner du temps par des discours embrouillés. Simplement, il sourit.

Les experts furent formels : le sujet avait une sexualité normale. Il avait pour maîtresse Clémence Major, l'une de ses collègues qui, ne se résignant pas au divorce, l'avait contraint à cette solitude. Mais il l'aimait et vivait avec elle une sexualité harmonieuse. Non vraiment, on ne pouvait rien lui reprocher en ce domaine. Sa solitude peut-être pouvait expliquer son cas : mégalomane, il avait, d'après le rapport rédigé par trois éminents psychiatres, voulu se prouver sa toute-puissance par un acte purement gratuit. L'acte gratuit, avec tout ce qu'il comporte de références philosophiques et littéraires de toutes sortes, l'acte qui apparente à Dieu.

Valentin Page ne voulait pas décrire les pulsions qui l'avaient réduit à cet état. Il laissait faire. Parfois, il semblait particulièrement intéressé par ce qu'on disait sur son compte. Il se faisait apporter tous les journaux relatant « son » affaire mais les lisait avec froideur comme s'il eût été question d'un autre, quelquefois éclatait de rire à la lecture d'un article plus détaillé, réagissant en fait ainsi qu'un spectateur qui se permet de vivre avec indifférence le drame qui se déroule devant lui, avec la plus parfaite indifférence... que d'aucuns appellent cynisme.

Il fallut désigner un avocat d'office car il s'était refusé à en choisir un.

On se mit à éplucher ses romans car certains éléments du meurtre s'y trouvaient, éparpillés, soigneusement camouflés : la présence obsédante de cette petite fille, la présence de la mort sous ses aspects les plus variés : le suicide d'un personnage, l'apathie maladive d'un autre, agonisant sous le poids d'une faute imaginaire, l'accident d'un troisième tombant dans un escalier alors qu'il se croyait poursuivi par des démons ayant pris la forme d'ombres, silhouettes sans épaisseur rampant et gesticulant tout autour de ses pas.

Quant à la perte du portefeuille, on l'attribua non pas à une maladresse fatale, mais au désir inconscient d'être puni, persécuté par le souvenir de sa mère, morte dans des circonstances pourtant bien définies, une banale collision de voitures, sa mère assise près de lui était passée au travers du pare-brise... assurément il avait dû se sentir coupable ! L'incident remontait déjà à une dizaine d'années mais les méandres d'une âme tourmentée peuvent révéler bien des surprises. Cet homme au demeurant sain d'esprit aurait donc tué cette enfant, se serait arrangé pour être arrêté sans avoir à se constituer prisonnier, et dans le seul but d'être châtié ?

Mais les experts, s'ils n'étaient pas tous d'accord avec le

processus criminel, voulaient bien admettre que le sujet – trop orgueilleux pour reconnaître ses véritables motivations – avait agi dans un état de crise mystique engendrée par un violent désir d'autodestruction. Le « sujet » écoutait et riait.

Et personne de son vivant ne soupçonna ses véritables motivations.

Il vécut en prison une douzaine d'années et y mourut d'une congestion cérébrale. Entre temps ses romans avaient non seulement été édités, mais ils s'étaient vendus !

Il fut même obligé de choisir entre les nombreuses offres – très avantageuses – des éditeurs de plus grand renom, ceux-là mêmes qui lui avaient refusé son œuvre auparavant. Sans doute avaient-ils oublié de consulter leurs fichiers ! Ou peut-être lisaient-ils ses romans pour la première fois !

Il prit le luxe de faire attendre sa réponse et ne consentit à apposer sa signature au bas d'un contrat, que lorsque les médias, échauffés par tant de suspens, lui accordèrent une place de choix. Une soirée lui fut consacrée sur Antenne 2. D'éminents littérateurs s'étaient donné rendez-vous pour disséquer sa prose et, apothéose, un journaliste ayant été autorisé à l'interviewer dans sa cellule, on put voir en différé l'écrivain parler le plus naturellement du monde de ce qu'il nommait sa tâche. Certaines mères de famille respectables, oubliant l'horreur de son crime, le trouvèrent beau et lui écrivirent des lettres passionnées.

Il avait continué à écrire et sortait un livre tous les deux ans. Une année, il faillit obtenir le Goncourt, de réelles qualités d'écriture lui avaient permis de figurer parmi les sélectionnés, mais l'académie ne voulut pas risquer un scandale en couronnant un assassin notoire, de surcroît l'assassin d'une petite fille !

Le scandale eut pourtant lieu, mais après le décès de Valentin Page, lorsque parut un roman qu'il s'était délibérément abstenu de confier à un éditeur. Il ne ressemblait à aucun autre, n'était pas davantage autobiographique, et pourtant l'un de ses personnages mourait subitement au milieu du cinquième chapitre, laissait en pâture à ses amis une lettre déposée chez un notaire, pompeusement intitulée « confession » ... et tous ceux qui lurent cette œuvre posthume comprirent avec effroi – surent – que c'était là la confession de Valentin Page :

« Mes amis,

Vous ne me pardonnerez pas. Vers neuf ans, j'ai su que dans la vie le plus fort gagnerait toujours ! À l'occasion d'une partie de billes qui tourna à la bagarre. À onze ans, j'avais oublié cette vérité essentielle. À douze ans, je l'ai redécouverte, quand je tombai amoureux de Pauline et qu'elle me préféra le premier de la classe. Ensuite, d'autres épreuves suivirent. Tout aurait pu me réussir, mais miraculeusement j'étais chaque fois exclu, chaque fois celui que l'on désignait du doigt.

« Il est fou ce mec, on s'embarque pas comme ça dans un truc pareil ! »

J'étais partout le second, le médiocre. Moi qui rêvais d'absolu et de sentiments extrêmes, d'irradier, grâce à un charisme exceptionnel. Je tombais, un peu plus chaque fois, plus durement chaque fois. Vous ne me pardonnerez pas : vous n'aimez pas les faibles. Vous n'aimez pas les ratés. Ce serait vous servir de miroir … et vous détestez cela !

Mais j'ai voulu trahir la banalité, m'évader de mon personnage ridicule.

Cela non plus vous ne pourrez pas me le pardonner. J'aimais Clémence. J'avais trouvé l'âme sœur, c'est-à-dire mon double. Elle n'aurait jamais quitté son mari, par lâcheté sans doute. Je ne pouvais exiger cela de son amour. Également par lâcheté. Encore une façon de se ressembler ! Dangereusement. C'était un amour sans avenir. Mais je n'ai jamais non plus cherché à bâtir un avenir. Une maison avec des enfants en guise de potiches animées, une télévision pour les soirées d'hiver ou les soirées d'ennui, un nous-deux langoureux et insipide, non merci ! Autant pourrir sur place et se regarder pourrir dans un miroir spécialement façonné par des artisans de mémoire obscure.

Et puis, elle m'aurait empêché d'écrire, de vivre. Albert, mon ancien camarade de lycée voulait écrire lui aussi. Il essaye. Sa femme le harcèle, lui interdit de s'enfermer dans sa pièce de travail. Il a toutes les peines du monde à rencontrer d'autres écrivains parce qu'elle est jalouse et ne lui pardonne qu'une sortie de temps à autre, et de plus, elle le ridiculise devant le reste de la famille : « pensez donc, un écrivaillon, il ne sait rien faire de ses dix doigts ! » Au nom de l'amour, il est devenu esclave. Si seulement mon exemple pouvait lui servir de leçon !

Quelques jours avant l'événement, je m'étais assis dans le fameux parc, pour dessiner. Personne n'a fait attention à moi. Je me suis demandé si je n'étais pas invisible. Non, une femme a fini par s'approcher de moi, curieuse de ce dessin presque achevé. Elle me dit :

« Vous avez une patience d'ange ! »

Un ange ! Elle avait peut-être raison. Mais ce n'est pas si facile de demeurer un ange quand précisément l'impatience commence à fermenter.

- C'est… ?

- De l'encre. De l'encre de Chine.

- Ah ! Et… cela représente quoi ?

- Ce que vous désirez. Chacun y voit ce qu'il veut !

Elle parut gênée. Lui demander un peu d'imagination était sans doute trop indécent.

- Eh bien, je vous laisse à votre occupation.

Et elle m'abandonna, sur mon banc, avec ce dessin qu'elle n'avait pas su regarder. Déjà à ce moment, j'ai dû paraître suspect. Je m'étonne de ne pas l'avoir vue à la barre des témoins.

Vous ne me pardonnerez pas ce que je vais vous avouer. Cette Clara, dont vous avez fait tant d'histoires, je l'ai observée, tout un après-midi. Sa mère la contrariait sans cesse. La pauvre enfant passait son temps à pleurer. Je n'ai eu aucun mal à la faire venir près de moi. Le truc classique : « tu veux des bonbons ? »

Je n'aurais jamais cru que cela pût encore marcher ! Mais si. Vraiment, je ne croyais pas cela possible ! En revanche, je ne pensais pas si difficile d'étrangler une gamine de cet âge. Ce qu'elle a pu se démener, agitant ses petites jambes dans tous les sens, et ses poings déchaînés contre moi ! Et ses cris d'oiseau ! Ce fut un spectacle fascinant. Je ne dis pas que j'aurais recommencé, mais ce fut vraiment le plus grand jour de ma vie. Pourtant, j'avais décidé froidement ; je ne sais plus depuis combien de temps. Ma décision prise, j'ai longtemps hésité, saisi de panique. Lorsque j'ai vu Clara se débattre contre les sempiternelles remontrances de sa mère, j'ai compris que le moment était venu. Le moment de tuer, d'être arrêté, d'être définitivement exclu, définitivement étiqueté par la société comme meurtrier, comme fou. Qu'allaient-ils inventer ?

Définitivement exclu, oui. Dément. Un médiocre coupable certes, une vie gâtée comme peut l'être un fruit dans lequel s'est glissé le ver de la révolte. La révolte, oui. Car si je n'avais pas toujours été rejeté, je n'en serais pas arrivé là. J'aurais pu vivre normalement. J'aurais peut-être fini par accepter d'avoir une femme et des enfants, de me laisser piéger par cette imposture que vous appelez existence-mécanismes et rouages, pulsions et faux-semblants. J'aurais pu...

Si seulement un éditeur avait accepté l'un de mes romans, avant, bien avant. Ce n'était pas possible, je le savais bien : la loi du plus fort, disais-je, ou du plus futé, le copain du copain, ou encore, celui qui s'est déjà fait connaître... La preuve en est faite ! Je n'ai finalement été publié que parce que j'avais fait la une des journaux. Une vedette du crime, peut-être... Qu'importe ! Oui, je n'en aurais pas été réduit à cette situation trop facile. S'ils m'avaient édité avant. Bien sûr, j'ai réussi ... mais à quel prix ! Oh, après tout, une vie de plus ou de moins ! Elle serait morte un jour, dans quatre-vingts ans, ou dans quatre-vingts jours ... où est la différence ? Je crois vraiment que ça en valait la peine.

ENTRE DEUX VIES

En ouvrant les yeux il vit tout de suite que quelque chose était arrivé. Non pas la mort comme il l'avait cru. Tout lui semblait étranger, différent. Comme s'il venait de rentrer d'un pays étranger après une très longue absence.

Il demeura étendu. Pendant de longues minutes il eut l'idée que son existence était une erreur de la nature. Au dernier moment une lumière avait basculé, l'avait enveloppé. Il se réveillait ailleurs. Une vague le berçait, anesthésiait toutes ses sensations. Mais se lever ! Il devait se lever, retrouver un chemin, son chemin.

Quand il parvint à se mettre debout, il avait oublié ses inquiétudes. Tout était normal ; simplement il marchait, sans aucun soupçon, sans aucun souvenir, et rien ne l'empêcherait plus d'être en accord avec le monde.

Au-dessus de lui, le ciel orangé s'éclaircissait. Il marchait face au soleil, tout inondé de sa lumière bleue. Ces couleurs lui parurent inhabituelles, mais cela ne dura pas. Il était heureux, à peine fatigué, seulement grisé par un sentiment de liberté qui le portait vers l'horizon. Enfin, il atteignit la ville. Un appartement était vide, son appartement. Soirée solitaire et paisible … il songeait à son existence, il s'écoutait vivre, et le sommeil l'aida à oublier.

Le lendemain, en allant travailler, il éprouva soudain la peur de ne pas être reconnu, d'être tout à coup confronté … mais cette peur fugitive fut entraînée aussitôt par d'autres pensées qui montèrent en lui. Il arriva au bureau avec un peu d'avance et eut le temps d'aller voir son meilleur ami, dans un service jouxtant le sien… le week-end avait été si court… Des collègues, un à un, venaient les saluer. La semaine commençait.

Et les semaines et les mois commençaient et finissaient.

Un soir, en rentrant, il constata sans surprise qu'une femme l'attendait. Elle avait déjà préparé le dîner. Elle lui fit des reproches sur son retard, se montra impatiente et nerveuse.

Une femme encore belle malgré ses traits tirés, son allure lasse. En peu de temps elle changea ostensiblement, sembla plus reposée, plus attentive aussi et plus caressante. Ils se parlaient à voix basse, évoquaient des souvenirs très anciens.

Pas plus que ses amis il ne cherchait la signification des événements quotidiens. Les uns surgissaient, les autres entraient à « l'hôpital de survie » et on ne les revoyait jamais … tout au moins c'est ce qui se disait, mais les informations étaient rares et confuses. Des savants et des philosophes avaient écrit de nombreux ouvrages qui, en fait, ne répondaient jamais aux questions essentielles. Cela était sans importance, ne l'empêchait pas de goûter une paix chaque jour plus intense. C'était un homme tranquille. D'autres souffraient et il essayait de les aider mais il n'y parvenait pas toujours, peut-être trop prisonnier de cette paix qu'il s'était bâtie, qui lui servait de refuge.

Cette année-là, ils partirent en vacances à la mer. Assis sur une plage il regardait les vagues rougeoyantes se fracasser contre les rochers, se fracasser et se perdre dans la lumière. Il vit brusquement surgir de l'eau un homme qu'il n'avait pas vu la minute précédente.

- C'est la première fois que j'assiste à une naissance, se dit-il. Mais lorsqu'il se tourna vers sa femme pour lui raconter la chose, il avait déjà oublié ce qu'il avait vu et se contenta de dire :

- Il y a beaucoup de vent, on devrait peut-être rentrer.

Il sentait ses forces croître avec l'âge, ainsi que ses révoltes. Tous ses camarades éprouvaient le même besoin de se débattre avec la vie, avec l'angoisse de la vie. Pourtant, il ne fallait pas penser, seulement sauvegarder cette sorte de fièvre qui les hantait sans raison.

Sa peau devenait plus pâle. Sa teinte verte devenait transparente, si fine… Il pouvait voir la vie courir dans ses veines. Il avait atteint le meilleur moment et il le savait. Un élan nouveau le poussait à agir et les idées fourmillaient dans son esprit, parfois incohérentes mais cela lui procurait tant de plaisir… et le plaisir lui était précieux. Et il y avait cette femme qu'il aimait. Un soir qu'ils dînaient tous les deux, il prit sa main entre les siennes, la regarda tendrement. Sans se parler ils comprirent que désormais ils seraient unis, âmes et corps, en deux destins entrecroisés, pour toujours. Elle lui sourit avec la même tendresse. Et il fut heureux, tellement heureux qu'il se contint pour ne pas crier.

Un jour, il irait à « l'hôpital de survie » et on l'endormirait. Il y pensait rarement mais une peur fulgurante le paralysait soudain, disparaissait tout aussi subitement. Une voix parfois – peut-être une voix intérieure ? – lui parlait de renaissance et de vie au-delà de la vie. Il ne voulait pas entendre. Il s'interdisait toute lecture, toute discussion sur le sujet. Comme ses camarades, il assistait aux cours obligatoires. De célèbres professeurs discouraient à longueur de journées. Il écoutait distraitement. Il devait oublier, tout oublier, leçon après leçon. Enfant paresseux mais intelligent, il parvenait fort bien, même sans écouter les maîtres, à se vider de toutes connaissances. Ainsi le voulait la loi de sa race. L'instinct le conduirait. Sa mère le guidait, pas à pas, le consolait quand il en avait besoin. Sa mère ... qu'il connaissait depuis longtemps déjà, dont il avait oublié la venue.

Tomber, se relever. Tomber à nouveau. Oublier de marcher. Se fondre avec l'image de la vie. Se faire contemplation et dépouillement. Souvent il pleurait, se mettait à crier. L'ombre de sa mère se penchait au-dessus de lui. Son visage vert et radieux ressemblait à la lumière du soir, l'éclairait jusqu'à l'apaisement. Il riait avec douceur et tendait ses deux petites mains vers elle, lui caressait la joue.

Un brouillard tenace auréolait chaque chose. Il percevait des objets, il éprouvait des sentiments, mais tout grandissait autour de lui et l'entraînait dans une sarabande de plus en plus rapide. Des sons et des couleurs l'agressaient brutalement, le faisaient trépigner. Ensuite tout se métamorphoserait. Il allait atteindre le vide, le silence et le vide, il le savait. Il cesserait de chercher, d'oublier. Il n'aurait plus aucun désir. Il cesserait d'être un individu donné pour parvenir à une sorte d'extase. Il ne servait à rien de lutter. Il pénétrait le vide et en même temps était pénétré par lui…

Sans motif apparent – il n'était pas malade – on le transporta à « l'hôpital de survie ». Peut-être en raison de son grand âge, de sa taille si frêle, peut-être parce qu'il était réclamé ailleurs ; son destin, dont il ne s'était jamais préoccupé, arrivait à terme, et « cela » devenait nécessaire, irrémédiable.

Un petit lit dans une chambre noire. Une infirmière vêtue de noir. Et l'infirmière se penche au-dessus de lui, lui sourit.

Il s'endort. Il rêve qu'il s'endort et qu'il rêve qu'il s'endort et qu'il rêve qu'il… Un cri épouvantable interrompt le cercle de ses rêves, un cri « déchirant » qui le renverse et le réveille.

En ouvrant les yeux il vit tout de suite que quelque chose était arrivé. Non pas la mort comme il l'avait cru. Mais tout lui semblait étranger, différent.

Il demeura étendu. Pendant de longues minutes il eut l'idée que son existence était une erreur de la nature. Au dernier moment une lueur avait basculé, l'avait enveloppé. Il se réveillait ailleurs.

Un petit lit dans une chambre blanche. Une infirmière vêtue de blanc. Et l'infirmière se penche au-dessus de lui, lui sourit :

« Tu t'appelleras Emmanuel, c'est ainsi. ».

LE CHOIX

À Françoise

Encore maintenant je ne sais si je dois *donner raison* à mon père ou à ma mère. Les faits remontent à près de cinquante ans mais je n'en ai eu connaissance que bien après. Je les avais oubliés et ils ne me sont remontés à fleur de mémoire que tout récemment.

Ma grand-mère paternelle est morte après avoir vécu – on appelle cela *vivre* – les six dernières années, dans un fauteuil, paralysée, un bras replié contre son estomac et tout ce temps murée dans un silence contre nature.

Curieusement, je ne conserve aucun souvenir de ce que je pouvais alors ressentir devant un tel désastre. J'étais à distance, déjà spectatrice, comme je l'ai souvent été, face à la douleur. J'avais neuf ans au moment de sa première attaque due à l'hypertension. Elle avait à peine eu le temps de récupérer qu'une seconde la terrassait sans espoir de guérison. De ma grand-mère, je ne me rappelle que la douceur, et je prends conscience que je ne sais pas grand-chose d'elle, sinon qu'elle s'était résignée à déménager souvent parce que son mari avait la « bougeotte » - c'est ainsi que mes parents disaient. Douce, oui, elle aurait pu être une grand-mère comme il en existe tant, comme je n'en ai jamais connue. Être enfant de « vieux » ne facilite pas le destin.

Mon grand-père s'occupait d'elle à temps plein. La levait, la lavait, la nourrissait. Lui parlait-il ? Je ne sais pas. Il me paraissait aussi muet qu'elle. Taiseux, comme on dit. Maintenant, à des années de là, je me demande ce que mon père éprouvait, lui-même assez silencieux, fermé sur la guerre qui avait brouillé sa vie. Je ne sais pas si j'ai oublié, si je n'ai pas compris, perçu, entendu. L'essentiel était ailleurs. Trop jeune ? Peut-être. Pas sûr. Pas compris. Si vieux. Objet de curiosité. Je me montrais docile. J'avais envie d'être aimée de cette grand-mère qui ne pouvait plus extérioriser ses sentiments. Docile, oui, c'est le mot. Je camouflais mes révoltes. Je ne savais rien. Déjà désespérée et lucide. Depuis peu. L'année de leur mort est aussi l'année où j'ai compris que j'étais seule et que je le resterais. Ils sont morts l'année de mes quinze ans. Elle d'abord, ayant survécu si longtemps nourrie à la cuiller pendant six ans par un mari qui sans doute l'aimait encore. Ou peut-être qu'il ne savait pas faire autrement. Il aurait pu abréger sa vie à elle, abréger la sienne. Y a-t-il pensé ? Je l'ignore. Rien ne pouvait le retenir. Il ne croyait pas en Dieu, au point de ne pas accepter de mettre les pieds dans une église, même pour la visiter. Qui pouvait donc le retenir d'un acte sacrilège ? Quoi ?

Lorsqu'elle est morte, je ne sais pas ce qui s'est cassé en lui. Faut-il qu'il l'eût aimée follement. Il n'avait plus de raisons de vivre. Il est mort moins d'un mois après, naturellement. Cela allait de soi. Il n'avait plus rien à faire ici.

Mes parents ne m'ont pas amenée à leur enterrement. Des cérémonies sinistres auxquelles n'ont assisté que quelques voisins compatissants. Je ne sais pourquoi, ma grand-mère a été enterrée avec une célébration religieuse…. Des voisines bien attentionnées, soucieuses du salut de leur âme, prétendaient qu'elle s'était mise à croire, elle qui ne parlait pas. Mon grand-père a laissé faire. Cela n'avait plus de sens. Mes parents en ont fait un récit d'une tristesse infinie. Mes parents ? Ma mère, oui, car mon père… je ne sais plus. Mes premiers morts. Et je n'ai pas eu le droit de les voir. Mais je savais déjà que c'était sans importance. Qu'on n'est pas ici pour s'attarder.

*

Trente ans après exactement, la mort de mon père a réveillé les démons. Et ma mère qui, toute sa vie, aura avec lui représenté le couple modèle, idéal, s'est un soir déchaînée contre lui et dans la litanie des reproches – ma mère me reprochait aussi de le défendre – elle m'a expliqué que mon père sacrilège avait trahi son propre père parce que celui-ci lui avait confié de l'argent pour qu'il pût payer leur pierre tombale. Mais mon père n'avait jamais acheté cette pierre. Avec l'argent, il avait payé ses ouvriers. Je me souviens que les huissiers étaient régulièrement à notre porte – mais n'est-ce pas étymologiquement le rôle d'un huissier ! J'avais ordre de ne jamais ouvrir en l'absence de mes parents. Ma mère était paniquée par leurs visites. Pourtant, elle lui reprochait cette trahison. Encore maintenant, je ne sais à qui *donner raison.* Il avait du mal à payer l'URSSAF autant que ses ouvriers. Ma mère l'avait convaincu d'acheter, plusieurs années auparavant, un appartement à eux. Pour mon père, la propriété ressemblait à du vol. Sa sensibilité anarchiste lui soufflait qu'il n'aurait pas dû céder. Mais résister à une épouse autoritaire, une épouse aimée, certes, à qui on ne résiste pas … Après vingt ans d'efforts, ils auront en effet tenu contre vents et marées et acquis une aisance qu'il a fini par accepter. Pour cela, il lui aura fallu batailler avec les banques et surmonter ses infernales angoisses. Et il savait bien que c'était impossible. A-t-il vraiment eu l'impression de pouvoir choisir ! Pressé par les échéances, il a utilisé l'argent que son père lui avait donné pour payer ses ouvriers ? Il les a aidés. Il s'est sauvé de la ruine. Peut-être auraient-ils été contraints de vendre l'appartement. Peut-être leur bien aurait-il été saisi. Notre vie aurait bifurqué et toutes les années suivantes auraient pris une autre couleur. Comment savoir ? Mon père, comme son propre père étaient bien convaincus que l'être ne survit pas et que l'état de cadavre marque la fin de l'existence. Alors, où est le mal ? Pourtant, mon grand-père avait émis le souhait d'avoir une sépulture « décente » – c'est le terme ! – peut-être pour que le nom gravé de son épouse soit associé au sien durablement, seule trace de leur amour, et même de leur passage ici. En dépit de l'absence de dieu, on a du mal à admettre d'être rayé des listes, à ne jamais avoir existé. Ou bien avait-il changé de convictions ? Il avait quand même consenti à ce que Jeanne, son épouse, soit enterrée religieusement, ce que le connaissant, j'imagine mal. Mon père en avait été exaspéré. Mon grand-père, Henri, l'a rejointe sans passer par l'église.

Des années après, fallait-il que je sois résignée à la mort de mes parents pour ne pas avoir porté plainte contre le médecin qui n'avait pas su diagnostiquer la septicémie de mon père alors que c'est la première chose qui m'est venue à l'esprit quand la fièvre l'a saisi quelques jours après une intervention dite bénigne. Porter plainte contre le médecin qui a dit à son équipe, devant lui, qu'il « était réduit à l'état de *légume* ». Il ne devait pas en être là puisque c'est lui qui nous l'a répété, à ma mère et à moi, et même s'il parlait mal, à la fois parce qu'il avait été opéré de la langue et parce qu'il sortait d'une attaque par ischémie – à cause de cette foutue septicémie non soignée ou mal soignée, ce qui revient au même. Après plusieurs jours d'un hoquet insupportable, alors que l'infection gagnait tout son corps, cette attaque l'avait jeté hors du lit en pleine nuit et l'avait laissé là, avachi, atteint dans sa chair, mais lucide malgré tout. Ma mère avait dû appeler à l'aide pour le relever. Porter plainte aussi contre le personnel de l'hôpital qui ne s'est pas occupé de lui et l'a laissé mourir de faim. Cela, je ne l'ai compris qu'ensuite, quand j'ai eu connaissance du rapport qui expliquait clairement que mon père était mort guéri de sa septicémie. Plus tard, l'Institut qui l'avait opéré d'une petite plaie sur la tête nous avait également écrit que le prélèvement ne comportait pas de cellules cancéreuses. Mort en pleine forme. C'est l'essentiel. Mais résignée, oui, je le suis. Parce que je sais que nous devons tous mourir. Parce que je ne voulais pas que ma mère prenne conscience qu'en respectant les horaires de visite, elle n'avait pas pu l'aider à manger. Je ne sais pas d'ailleurs s'il était empêché de se nourrir ou s'il y avait renoncé. Cela non plus je ne le saurai jamais. Je peux supposer qu'il n'avait pas envie de traîner aussi longtemps que sa mère. Affaibli, encore moins bavard que d'habitude. Et même si j'avais compris, quel choix aurais-je pu faire ? Aurais-je pu m'opposer à sa volonté ?

*

J'ai récemment choqué une amie en lui déclarant : « on a toujours le choix ! » Le choix de ne pas se soigner ou de ne pas suivre un régime draconien, alors que le médecin a pu vous laisser croire que c'est là le seul moyen de gagner un peu de temps, d'allonger le sursis. Son instinct de vie fait qu'elle a été outrée par ma remarque, comme si j'avais en même temps émis un jugement de valeur, comme si je lui reprochais de ne pas voir le monde à sa juste réalité. Il n'en était rien pourtant. Et nous sommes toutes deux restées sur nos positions.

Le choix… je l'ai eu à l'instant : monter ou ne pas monter dans ce train. Quel sens peut bien avoir une existence constituée de hasards mis bout à bout, susceptible de basculer à tout moment ?

J'ai si peu dormi la nuit passée que le contour fantomatique des choses se fait plus pressant. L'air confiné du wagon bat contre mes tempes. Lucidité ou folie ? A-t-on vraiment le choix ? Je rêve que je vis. Et je pense que ce voyage pourrait être le dernier. Une lumière d'hiver accentue l'irréalité du paysage, brumeux, laiteux même, comme si des peintures en filigrane transparaissaient à l'intérieur du double vitrage des fenêtres. Des plans d'eau, seules taches de lumière dans un univers en camaïeu gris. Si je n'étais pas montée dans ce train je serais retournée chez moi, retournée me coucher. Mais là, maintenant que je m'éloigne, je ne sais plus ce que « chez moi » veut dire, comme égarée entre deux mondes. Ou bien j'aurais marché dans Paris, à la recherche des ombres du passé devenues si rares ; tant de lieux que j'avais connus ont disparu et je bute sur leur absence.

Là, coincée à ma place entre veille et sommeil. À mes côtés, un jeune homme studieux qui lit avec attention un roman contemporain. Plus loin, une dame regarde au dehors tout en mâchouillant un sandwich le plus discrètement possible. Il n'est pourtant même pas onze heures. J'ai également un peu faim comme si la vitesse, en me tirant en avant, me vidait l'estomac. Je résiste. Je bois de l'eau. Soudain, le train change de rythme, se fait plus silencieux, si bien que j'ai la sensation de faire de la figuration dans un train fantôme. À l'arrivée, j'aurai le choix : soit je vais à l'hôtel fêter le changement d'année dans cette ville de bord de mer, soit je rentre à Paris, soit je me jette des rochers. Je ne connais pas mon avenir ni celui de mes semblables. Je suis ainsi faite : je n'ai envie de rien. Ni de vivre. Ni de mourir. Et je crois que j'ai toujours été ainsi.

En revenant des toilettes, j'ai été interpellée par une amie qui voyage dans le même wagon que moi. Comme je n'avais parlé à personne depuis plusieurs jours, son apparition m'a paru totalement incongrue et j'ai éprouvé des difficultés à tenir une conversation *normale,* à revenir au monde.

Deux gouttes d'eau se pourchassent sur la vitre extérieure, poussées l'une contre l'autre. Je dérive de la même façon, le corps secoué, quand je dois prendre un chemin plutôt qu'un autre. Je ne sais si c'est cette rencontre, le fait de parler à quelqu'un qui me connaît, qui me reconnaît, ou la danse de ces gouttes, qui a fait bifurquer ma pensée, peut-être ma vie.

Car maintenant, je comprends ce qui a scandalisé mon amie l'autre jour.

On a toujours le choix, seulement en apparence, car je suis menée jusqu'à ma destination malgré moi. Il n'est pas de ma compétence d'arrêter le train. Et ce sont ces gouttes d'eau malmenées qui m'auront fait déchiffrer cela ? La brume, entre les arbres, me cache l'horizon. Mon œil est désespérément attiré par la contemplation des rails qui s'entrecroisent, convergent, divergent, me rapprochant ou m'éloignant du quai dans un fracas qui accompagne ma rêverie de somnambule. J'ai si peu dormi. Je devrais m'assoupir. Me reposer. Je résiste. Je ne veux pas me laisser faire. Je me débats. Je veux croire que j'aurai le choix, à l'arrivée, de me jeter des rochers. Mais ai-je eu le choix de naître ou de ne pas naître ? Mon père, bousculé par la guerre, a-t-il eu le choix de la vie qu'il a menée ? Toute ma vie, j'ai cru choisir et un simple voyage en train me ferait découvrir que je me suis leurrée ? Que je ne possède aucun pouvoir ? Je ne maîtriserais donc rien ? Cette idée me désespère mais de façon si fugace que je l'oublie très vite. La brume se troue de lueurs. Le gris moins opaque oscille au-dessus des champs qui commencent à se teinter de vert. La terre et le ciel s'inversent comme un sablier qu'on retourne. Et mon double, en moi, peine à me reconnaître dans la foule des voyageurs photographiée et qui se superpose au paysage. Je marche à reculons. Je n'ai pas fini de me perdre et de me retrouver. Les mondes s'inversent en moi. Je suis le sable qui tombe et le temps qui se dissout. Je n'appartiens plus au monde. J'aspire à être libre.

Le soleil, d'un coup, me traverse. Je réintègre mon corps nourri au fil des années par l'héritage que m'ont légué mes parents, l'accumulation de tous ces instants qui ont précédé leur mort, choisis ou non, qu'importe désormais puisque l'illusion n'est pas plus tenace qu'un reflet sur la vitre, à la fenêtre d'un train.

IDENTITÉ

Il regardait les vagues se prendre aux rochers. Des vagues tout imprégnées de lumière, auréolées. Il pensa à Françoise qui devait arriver bientôt. Avec les enfants. C'est tout de même curieux qu'elle n'ait pas encore écrit, se dit-il. « Elle m'avait promis… » Il avait terriblement peur de la perdre. Elle, presque parfaite. Le moindre retard, la moindre ombre sur ce visage pourtant très clair, et il s'inquiétait.

Brusquement, il se leva. Rester là bêtement à regarder les vagues ! Sûrement, il y avait une lettre qui l'attendait à l'hôtel. Il pressa le pas, certain qu'il ne se trompait pas.

- Avez-vous quelque chose pour moi, ce matin ?

- Je vais regarder. Quel est votre nom, déjà ?

- Monsieur Valloux, Bernard Valloux.

Il tapotait nerveusement le comptoir de marbre, gêné par le miroir immense qui lui faisait face et le laissait seul avec lui-même. Avec soulagement, il vit qu'on lui apportait une lettre qui ne pouvait être que de Françoise, puisque personne d'autre ne savait qu'il était descendu à l'Adriatic Hôtel.

- Vous devez vous tromper …, commença-t-il.

- Vous ne vous appelez pas Monsieur Valloux ?

- Si.

Il hésite, examine à nouveau l'enveloppe qu'on lui tend. Son nom est bien écrit, mais d'une écriture qu'il ne connaît pas. Il s'excuse maladroitement et sort.

Insatisfait, il mit la lettre dans sa poche, puis se ravisa. Françoise, pensa-t-il, a peut-être eu un accident et on me prévient. Il déchira l'enveloppe après avoir vérifié sa provenance et il lut.

Quand il eut terminé, il s'assit, cherchant un sens à tout cela. Une lettre de sa femme : le ton, la signature, les détails montraient bien qu'elle en était l'auteur, mais c'était tout. L'écriture était bizarre, très pointue ; certains mots coupés en deux inexplicablement. Le tout sur papier mauve, comme Françoise n'en avait jamais possédé. D'ailleurs elle avait horreur de cette couleur, lui préférant des tons plus francs, plus gais.

Il hocha la tête et relut plusieurs fois les mêmes phrases. Que lui cachait-elle ? Pourquoi ne parlait-elle pas des enfants ? Certainement, il était arrivé quelque chose. Elle viendrait le surlendemain… Bernard ne se sentait pas capable d'une telle attente. Pour une fois qu'ils avaient été contraints de partir séparément ! Il ne fallait pas que cela se reproduise. Il ne pouvait pas vivre sans elle. L'été prochain… non, tout de suite… d'abord … l'entendre.

Il retourna à l'hôtel. Pour téléphoner. Il fut rassuré d'entendre sa voix.

- Allô, Françoise ?

- Oui … Qui êtes-vous ?

- Eh bien, tu ne me reconnais pas ?

- Non, je ne vois pas… Allô, répondez !

Sa voix était irritée. Un peu plus grave qu'avant.

- Françoise !

- Si vous ne voulez pas parler, je raccroche !

- Ma chérie, je suis inquiet. Je te téléphone à cause de ta lettre.

- Je ne vous permets pas de me parler ainsi.

- Mais enfin, arrête de plaisanter.

- C'est ce que je devrais vous dire. D'ailleurs, j'ai suffisamment été patiente avec vous.

- Françoise, je suis Bernard, ton mari.

Il l'entendit rire. Elle se moquait de lui. Il en ressentit une telle douleur qu'il eut beaucoup de mal à reprendre la conversation.

- Pourquoi ris-tu ?

- Mon mari est à côté de moi, je vous préviens. Je peux même vous le passer, vous lui expliquerez votre affaire.

- Enfin, ce n'est pas possible. Tu t'appelles bien Mme Valloux, née Françoise Blanc ?

- Qu'est-ce que cela prouve ? Et puis, cessez de me tutoyer, c'est plutôt désagréable !

- Mais… mais, tu habites… pardon… vous habitez bien avenue Cézanne, au n° 14 ?

- Et alors ?

- Rien… rien, je ne comprends pas !

Il transpirait exagérément. Il passa le dos de sa main contre son front et leva les yeux. Le garçon d'hôtel le regarda d'un air goguenard. Il se sentit encore plus faible, se mit à bafouiller, puis devant une situation aussi inextricable, il ne vit plus qu'une issue.

- Alors, passez-moi votre mari.

- Mais bien sûr.

Quelques secondes de silence et l'angoisse devenait dévorante en lui. Puis, il perçut le bruit dans l'appareil : quelqu'un saisissait le récepteur. Il parla :

- Allô, allô

- Oui, à qui ai-je l'honneur ?

- Vous êtes Monsieur Valloux, Monsieur Bernard Valloux ?

- C'est lui-même.

- Je suis également Monsieur Valloux, Bernard Valloux.

- Pourquoi pas ? Quoiqu'il ne s'agisse pas d'un nom très courant, une homonymie est toujours possible. Cependant, j'ai de fortes raisons de penser que vous n'êtes qu'un vulgaire plaisantin. Je vous prie donc de ne plus importuner ma femme. Bonsoir, Monsieur !

Il n'eut pas le temps de répliquer. L'autre avait déjà raccroché. Un autre qui portait le même nom que lui, avait la même femme, résidait à la même adresse ! Un autre qui avait une voix semblable à la sienne. Car il se souvint de l'enregistrement fait par ses enfants. Ce jour-là il avait été surpris de ne pas se reconnaître. Il avait d'abord accusé le magnétophone. Mais cette voix factice, il venait de la reconnaître, là, celle de l'autre.

- Vous ne vous sentez pas bien, monsieur ?

- Ce n'est rien, ça passera.

Il monta l'escalier en chancelant, et s'allongea sur le lit. Il ne chercha pas à comprendre ce qu'il ne pouvait pas comprendre. Il redoutait seulement ces deux jours avant l'arrivée de Françoise, ou de cette personne qui lui avait écrit. Il prit plusieurs comprimés pour dormir, gagner du temps. « Un peu de repos, pense-t-il, je suis peut-être fatigué. Je suis resté au soleil trop longtemps. »

Mais il se sentait comme prisonnier des vagues qu'il regardait une heure auparavant. Ballotté par elles. Tantôt jeté contre les rochers et la tête lourde, brisée. Tantôt jeté au fond de l'océan, dans une obscurité trouble : un corps pesant qui oscille sans parvenir à se maîtriser.

*

Deux jours plus tard, debout, sur le quai de la gare, il examine les voyageurs qui descendent du train, un à un. Son cauchemar est terminé, peut-être. Oui… voilà Françoise. Elle a son visage des jours heureux. Comme elle est belle ! Il s'approche d'elle. Oh !… mais…. elle est seule… les enfants…

Pourtant elle sourit.

Il l'étreint avec joie, avec inquiétude. La tête par-dessus son épaule, il ferme les yeux. Il a peur de la regarder, de l'entendre parler.

- Bernard, mon chéri. Mais que t'arrive-t-il ? Tu es tout pâle. Tu n'as pas beaucoup profité du soleil en mon absence. Tu as une mine effrayante !

- Où sont les enfants ?

- Quels enfants ?

Le cauchemar reprend, plus insidieusement ancré en lui. Tous deux effrayés par les questions de l'autre, les réponses redoutées.

- Nos enfants, voyons. Où sont Carole et Philippe… Ne me dis pas…

- Nous les ferons peut-être un jour, mais pour le moment…

Abasourdi, il eut encore le courage de dire :

- Nous n'avons pas d'enfants ?

- Non.

Pendant un moment ils marchèrent en silence, côte à côte, n'osant se regarder. De temps en temps, les paupières presque baissées, ils se risquaient, ils voulaient voir… leurs regards furtifs se rencontraient et ils étaient pris de malaise.

Arrivés à l'hôtel, elle posa ses bagages. Tous deux s'assirent sur le lit et le dialogue recommença. Enfin, il dut se rendre à l'évidence : ils étaient mariés depuis moins d'un an, n'avaient pas d'enfants, habitaient dans une rue dont il ne connaissait pas l'existence, ne possédaient pas le téléphone.

Il en vint à douter de sa propre vie. Mais elle savait ce qu'il était, lui. Elle savait que son frère était médecin et se nommait Franck. Elle savait qu'il était né à Bordeaux et toutes sortes de détails plus précis, plus intimes.

Il lui raconta ce qu'il avait ressenti, deux jours plus tôt, en recevant sa lettre, en téléphonant. Elle le considérait avec étonnement, avec angoisse. Elle parla de l'envoyer chez un médecin. Il s'y refusa.

Plus tard, en défaisant sa valise, elle sortit une lettre, celle qu'elle avait reçue de lui quelques jours plus tôt. Il la vit et demanda – non par jalousie car il était trop préoccupé pour cela – qui lui avait écrit.

À nouveau, elle se tourna vers lui, suppliante, réclamant une paix qu'elle ne voulait pas avoir perdue. Elle lui tendit l'enveloppe. Il l'ouvrit et en lut le contenu. C'était bien la lettre qu'il avait écrite, mais il n'avait pas reconnu son écriture. Aussitôt il prit un stylo pour lui prouver que quelque chose avait eu lieu.

Il écrivit quelques mots. Et sans pouvoir contrôler sa main, il vit que les syllabes se formaient telles qu'il venait de les voir dans cette maudite lettre. Tout changeait autour d'eux, en eux.

Il avait voulu se donner une preuve. Mais c'était elle qui avait raison. Et l'autre, il y a deux jours, l'autre qui réclamait une identité que lui seul avait cru posséder jusqu'alors. Comment expliquer cela ? Il ne croyait pas au surnaturel. Pourtant les choses étaient si étranges, si cruelles.

Un événement du passé ? Puisqu'il venait juste de se marier… Impossible. Les faits ne s'étaient jamais produits ainsi. Il ne pouvait pas s'être modifié au point d'oublier. Les mondes parallèles ? Il se refusait à y croire, catégoriquement. Et cela n'expliquait pas pourquoi un autre « moi » existait. Car il ne pouvait admettre cet autre, qu'il fût dans le même univers que lui ou dans un univers tangent au sien. Un autre moi, une autre femme… Comment s'y retrouver ?

Le soir, ils allèrent sur la digue. La marée était haute ; une des plus fortes de la saison. Ces mêmes vagues qu'il contemplait la dernière fois... maintenant lui semblaient terribles. Se dressant pour atteindre on ne sait quelle limite, invisible. Se dressant et comme en proie à une fièvre, voulant mordre la terre, s'y agripper, monter le long de la pierre pour envahir le quai et même davantage. Un monstre vivant, pris de colère, cherchant à le saisir, lui. Il se détourna de la bête, et regarda Françoise. Il avait besoin d'être rassuré. Elle tendit une main vers lui et se laissa aller. Mais leurs yeux se firent face.

... ses yeux verts. Ils étaient bruns. Un reflet de la mer ? Non. Je suis certain que ses yeux sont maintenant verts... ou bien... ce n'est pas elle...

Il se dégagea violemment, la bouche crispée, geignant. Il voulut courir mais la digue mouillée le retint, le faisant chanceler, puis tomber. Sa tête heurta le sol et il perdit connaissance.

*

Lorsqu'il rouvrit les yeux, l'obscurité était presque totale. Puis il s'y habitua. Une lance de lumière était à quelques mètres de lui, éclairant partiellement des murs de pierre, comme l'intérieur d'une grotte, pensa-t-il. Que faisait-il étendu à même la terre ? Au-dessus de lui une voûte rugueuse. Autour de lui, des murs. Seule ouverture, ce trou par lequel arrivait le jour. Une caverne. Il gémit et ferma les yeux.

Un vertige à peine perceptible le maintenait couché, son corps alourdi en chaque point plaqué au sol. Il rêvait sans doute. Tout au fond de son engourdissement, il entendait des gouttes d'eau heurter le calcaire, seconde après seconde, clepsydre parfaite, lancinante.

Enfin, il perçut des bruits de pas mais si particuliers qu'il n'osa pas regarder. Il avait beaucoup de mal à respirer. Une ombre glissa sous ses paupières. Quelqu'un était là près de lui, s'était arrêté.

-    Bernard, tu vas te réveiller enfin ! Les enfants te réclament !

Quel bonheur, soudain, d'entendre sa voix ! Françoise ! Ô ce cauchemar ! Il sourit, se tourna en pensant à Carole qui devait trépigner pour…

Il avait ouvert les yeux. Devant lui se tenait une bête, un monstre. Vert, et tout gonflé de boursouflures. Des ventouses striaient une peau luisante, gluante. Une bête tout en chair avec une tête directement posée sur le corps, et se dandinant devant lui, lui cachant la lumière.

Sans même pousser un cri, il voulut tendre les bras pour se débarrasser de la hideuse apparition. Mais il n'avait pas de bras. Se dressant à demi, il vit qu'il était à l'image du monstre.

Celui-ci s'agita. Un trou énorme apparut au milieu de lui.

-    Bernard, que t'arrive-t-il ?

LUMIÈRE

La fête battait son plein. La fête, ou plus exactement l'ivresse de la fête. Il y avait assez de vin et de gin pour oublier l'ailleurs et les autres et la vie des autres. La lumière, dans les verres, grimaçait et les rires devenaient exagérés.

Nicolas Sauthier avait invité ses amis. Non seulement ses amis qui étaient rares, mais aussi ses camarades, les « relations » que le milieu artistique lui avait fait rencontrer ces dernières années. Il les avait invités à boire avec lui la fièvre d'une cérémonie à l'issue de laquelle il se donnerait la mort.

- La fête bat son plein… tu ne trouves pas ? C'est bizarre.

- Oui… c'est une curieuse expression, qui ne veut pas dire grand-chose. Tu crois qu'il va le faire ?

- Hum, il en est bien capable !

- Tu crois ?

- Pour l'instant, mangeons et buvons, nous verrons bien après !

D'autres parlaient entre eux, à voix basse. Ils avaient besoin d'être rassurés. Le comportement de Nicolas Sauthier ne pouvait rien laisser deviner de ses intentions réelles. De tempérament tantôt dépressif tantôt exalté, il montrait ce soir-là une excitation à laquelle il avait habitué ses amis les plus proches. Cynisme et passion l'agitaient, le poussaient à s'exprimer avec ardeur même sur la mort, même sur le dégoût que lui inspirait toute idée de survie.

- C'est maintenant que je vais cesser de pourrir ! Cela ne tente personne ? Mais vous crèverez aussi… alors à quoi bon se laisser faire ?

Ensuite il se taisait.

Les conversations étaient hachées, comme soumises au vitriol de leur absurdité, de leur inutile musique. Et les rires s'entrechoquaient, avec le même son que les verres avec lesquels on trinquait à la santé de l'hôte.

Sauthier n'y faisait pas attention. Son ivresse le protégeait. Les autres étaient autour de lui, autant de lampes qui veillaient encore, qui demeuraient des messages, des miroirs, autant de mensonges ! Il avait si longtemps attendu ces instants. N'était-il pas maintenant trop tard ? Avait-il réellement mérité de s'octroyer le rôle suprême ?

Et cette mort espérée, le délivrerait-elle ?

Et de quoi ?

L'alcool, au lieu de l'égarer, le rendait à lui-même. C'est-à-dire à lui seul, près, très près de son être, mais prisonnier, ligoté par une lucidité exacerbée, isolé.

Et les autres le regardaient.

Il se débattait à l'intérieur de sa chair, contre cette chair qui chercherait à lui survivre. À l'intérieur de son âme qui parfois se révoltait, contrainte à des sursauts d'épouvante.

La paix était à ce prix.

Au-delà de la solitude, il voyait, il écoutait et le goût du vide collait à sa langue, à son palais, descendait dans sa gorge.

Il éclata de rire. Il but d'un trait le verre de bourgogne qu'il tenait à la main. Et il cria :

- À la santé de tous ! À la santé du monde !

Quelques amis étaient déjà partis. Soudain, une étrange légèreté le porta, malgré une douleur autour des yeux qui palpitait avec des spasmes de crapaud torturé. Il se mit à marcher. De plus en plus vite. Ceux qui étaient à ses côtés s'écartèrent sur son passage, avec des murmures, des regards affolés.

Il allait et venait. Il sentit son désespoir atteindre la clarté, se dévaster en elle. Il savait maintenant que sa mort serait l'expression d'une jubilation infinie. Il mourrait d'une joie insoutenable, après laquelle on ne pourrait imaginer vivre sinon prostré, comme en marge de soi, en suspens, dans un état de grâce. Il était heureux. Car sa souffrance, source de joie, devenait un privilège rare.

- Il est temps !

D'autres étaient partis. Un groupe d'invités particulièrement excitées par l'ivresse trompaient leur inquiétude par des plaisanteries morbides et des rires.

Sauthier but encore un verre. Il se mit à crier :

- Mes amis ! Maintenant. Il faut partir ! Allez. Je vous en prie. Laissez-moi seul !

Quelques-uns obéirent aussitôt. Beaucoup hésitaient. Un couple s'approcha de lui, essaya de le décider à partir aussi.

- Allez, ça suffit ! Tu viens avec nous. On te ramène. Tu passeras la nuit à la maison.

- Partez, je vous dis !

Entre deux rires, un autre clama :

- Je ne veux pas être venu pour rien ! Le spectacle ! Je veux le spectacle ! Allez Nicolas, s'il te plaît. Fais-nous plaisir tout de suite ! Un peu de sang, qu'on puisse enfin boire !

- Non, je vous avais prévenu. Il faut que vous partiez !

Jeanne, sa maîtresse, essaya de le prendre par la main, mais il ferma ses poings, et se défit de ses caresses.

Il avait de plus en plus mal à la tête. Son sang, contre ses tempes, cherchait une issue, remuait avec fracas des couteaux et des éclats de verre. Il se mit à hurler.

- Partez, je vous ai dit ! Ayez pitié de moi ! Sinon, je n'aurai aucune pitié pour vous ! Je vous tuerai !

Pendant vingt minutes, il se démena et hurla. Des gens s'en allèrent. Certains par peur. D'autres parce qu'ils n'avaient pas envie, tout simplement, de prolonger ce psychodrame indécent, ridicule et de mauvais goût.

-     Partez ! Partez tous ! Ceux qui resteront avec moi, mourront avec moi !

Et ils partirent, par petits groupes. Monsieur M. voulut rester plus longtemps que les autres, voulut dissuader Nicolas Sauthier mais il finit par céder. Seule Jeanne, sur une chaise, s'était écroulée et pleurait. Il se mit devant elle.

- Tu veux vraiment mourir avec moi ?

Elle le regarda sans répondre. Il lui sourit. Puis, il s'agenouilla à ses pieds, posa ses lèvres dans les plis de sa robe, cherchant à y apaiser son front brûlant. Ses doigts, en tremblant, repoussaient la soie et à pleine bouche il buvait la chair, la mordait et la léchait, s'y étouffait. Elle s'était renversée, la tête lourde, en arrière, les coudes sur une table. Il la souleva un peu ; elle se cambra davantage. Tout près de son visage, il voyait sur la nappe blanche, des taches de vin, rouges, sombres. Il déchira les vêtements de Jeanne. Jamais il ne l'avait autant désirée. Jamais il ne l'avait si brutalement pénétrée. Sa violence la rassura. Elle perdit toute mémoire, elle se laissa ravir. À la base de son cou, une artère battait la mesure au rythme de son souffle, de son halètement. Elle se laissa ravir, détruire en pleine jouissance, convulsivement.

Le sang coula de sa gorge, rouge et sombre, recouvrit les taches de vin, gicla sur Nicolas. À la main il tenait encore le rasoir mais il continua fiévreusement ses gestes d'amour, jusqu'à devenir lui-même flux et vertige. Puis il tomba sur elle.

Maintenant, elle était morte. Ses seins étaient pâles ; il les embrassa. Il embrassa également son ventre puis il se hissa le long de son corps à la manière d'un naufragé qui se hisse le long d'une épave. Il aurait voulu embrasser sa bouche et ses yeux mais demeura figé. Cette bouche était trop belle et ces yeux, ouverts en pleine lumière, l'éblouissaient. Aveuglé, il recula. Son crâne lui faisait horriblement mal. Une lueur blanche, immense, ravageait l'espace, devant lui. Halluciné, il s'abandonna à l'extase, chancela, s'agenouilla à nouveau. Jeanne, le cadavre de Jeanne avait glissé par terre avec des morceaux d'assiettes et de verres brisés. Il ne voyait plus rien.

Le temps était ailleurs. Il vivait en dehors de lui. Pétrifié.

Il essayait de reprendre conscience mais il était incapable de penser. Il avait lâché le rasoir.

Et il demeura ainsi.

Et il ne sentait que sa douleur. Et il ne voyait que cette lumière trop blanche. Soudain, il se leva, ou plutôt une force le souleva, une sorte de ferveur qu'il n'avait jamais ressentie, une exaltation vivante, pourvoyeuse de vie, une illumination.

Il se leva et il sut. Il sut qu'il devait renoncer à mourir.

Qu'il devrait vivre non pour lui, mais pour elle. Il devait vivre parce qu'il l'avait tuée. Sinon, qui le rachèterait ? Et pour la première fois de sa vie une prière monta en lui. Informulée, dépouillée de tout langage, un souffle.

Il parlait, à voix basse.

- Jeanne, pardonne-moi. Je vais aller à la police. Ils m'aideront à reprendre vie. Cette douleur, ils m'en délivreront. Et toi, je t'ai tellement aimée. Si nous avions pu vivre autrement... Je t'aime ! C'est maintenant que je vais t'aimer, pour toi, à la folie. Et je vivrai pour toi. Je saurai pourquoi je souffre, enfin. Tu seras en moi, éternelle, vivante ! Plus vivante qu'avant, plus présente.

J'ai soif ! Aime-moi… Tu m'aurais abandonné. Tu m'aurais trahi. Je t'aimerai…

Lorsqu'il put se lever, il fit quelques pas, hésita. Comme sur le seuil d'un autre monde, il s'arrêta. Il percevait maintenant une présence. Était-ce Jeanne ? Était-ce Dieu ? Il se surprit à douter, lui, l'incroyant. L'immense blancheur s'était cristallisée, l'entourait d'une lumière presque palpable.

« L'amour … »

Ce mot, révélé, s'impose à ses lèvres qui le répétèrent inlassablement. Puis il avança encore, guidé. Lorsqu'il se retrouva dans la rue, il crut voir le jour, en pleine nuit.

Il avança encore.

Devant lui, l'avenue déserte, bordée de marronniers en fleurs, la lune ronde et transparente, inventaient un décor qui lui parut inaccessible. Il marcha. Les rues s'emboîtaient les unes dans les autres, comme sur un tableau, et le point de fuite, à l'infini, devenait un soleil.

Il marcha, avec en lui, Jeanne et son amour, et sa foi et son désir d'échapper à l'asphyxie de sa transe, avec en lui, des fibres, des nerfs bâtis en cathédrale. Il se cogna à un miroir pour n'avoir pas reconnu son double, pour n'avoir vu que la lumière impossible à saisir. Il se retourna. Il ne reconnaissait plus les lieux. Et il n'y avait personne pour le conduire au commissariat.

Il marcha encore. La nuit en son labyrinthe, modifiait les perspectives et la ville entière, en limbes successifs, le guidait vers l'hébétude.

Il n'entendit pas venir le camion. Il se propulsa brutalement tiré en avant par un excès de ferveur. Et la mort avec la lumière aurait pu tomber sur lui, neuve et toute velue mais il erra encore longtemps. Enfin la ville reprit une apparence normale. Les premiers passants qu'il rencontra ne semblaient pas le voir. Sur les murs, des signes presque invisibles lui parlaient, comme des visages.

Lorsqu'il aperçut un car de police à l'arrêt, à l'angle de deux rues, il sut ce qui lui restait à faire. Il se précipita vers eux et haletant il leur dit : « je viens de tuer ma maîtresse, arrêtez-moi ! »

Ils ne répondirent pas.

Il les frappa, en vain. Son poing dans le vide, exhibait une violence inutile. Incrédule, à nouveau désemparé, il se remit à marcher et soudain, en moins de temps qu'il ne lui avait fallu pour s'éloigner, il fut devant la salle où avait eu lieu… quoi au juste ? Il ne savait plus. Des gens étaient là et dansaient, vraisemblablement se trouvaient réunis pour fêter un mariage. Les jeunes époux s'embrassaient sous les applaudissements.

Il entra, voulut poser des questions qui restèrent sans réponse. Personne ne l'entendait. Alors il repartit. Il pensa être la proie d'un cauchemar dont il serait bientôt délivré. Il écouta. Quelques cliquetis de réveil allaient sans doute le tirer de cet enfer !

De cet enfer ? Il n'entendait rien, sinon le bruit des voitures, quelques éclats de rires derrière une fenêtre entrouverte.

Quand brusquement il comprit.

Dans sa mémoire pulvérisée il chercha à percevoir comment « cela » avait pu arriver er depuis combien de temps – minutes, jours ou années.

Qui était-il ?

Il comprit simplement qu'il était déjà mort et que plus rien n'arriverait. Jamais.

Une énergie qu'il ne commandait pas le poussa en avant. Il se tint debout, puis encore chancelant, avança de quelques pas.

TRANSFIGURATION

À l'inconnue de Vannes.

La pluie avait cessé. Une femme se tenait immobile, tout encapuchonnée. Une femme ? C'est ce que j'ai supposé mais comment en être sûr ?

Il s'agissait d'une forme camouflée dans un imperméable noir. Une silhouette anonyme qui se tenait debout, le dos offert aux regards des passants. Mais des passants, il y en avait peu dans cette petite rue du centre-ville, à neuf heures du soir, alors que la pluie n'avait pas arrêté de noyer les esprits toute la journée et les jours précédents. Les touristes étaient massés près du port, attablés en famille. Moi-même j'aurais pu être attablé à boire quelques verres en attendant la nuit, en espérant un sommeil réparateur. Le sommeil, c'est important quand on est seul et qu'on se laisse gagner par la torpeur. Quand les autres, autour, commencent à vous regarder d'un air soupçonneux. « Il est seul celui-là ? Il n'est pas en famille ? Ou avec son amoureuse ? Un homme d'affaires, sans doute ? »

En arrivant à la gare j'avais entendu cette annonce : « tout bagage abandonné doit être considéré comme suspect et doit être signalé ». J'étais abandonné. Qui allait me déclarer suspect ? Ma femme était morte. Je n'avais plus de famille. Pourtant j'avais voulu faire comme tout le monde, jouer le jeu, partir en vacances. Mais être seul ailleurs, ce n'est pas comme à Paris. Personne ne sait où vous êtes. Personne ne sait que vous avez arraché vos racines et que vous traînez derrière vous des ombres invisibles, où tout un cortège de démons se brinquebalent en ricanant :

- Alors, il va se tuer, c'est bon ? Il se décide ?

- Non, je l'en empêcherai !

- Tais-toi, l'ange gardien ! Tu n'as pas à être dans ce territoire, c'est chez nous ici !

-   Laissez-lui une chance !

-   Une chance de quoi ? De mourir de vieillesse, sur un lit d'hôpital ? Assisté de toutes parts ? Une chance ?

-   Je ne sais pas…

-   Alors, tais-toi. Et laisse-le faire.

J'avais fait un excellent repas, le midi, dans un restaurant gastronomique, histoire de *tuer le temps*, histoire de m'enivrer de saveurs et de vin. Dilapider sa fortune quand on est seul ne gêne personne. Et puis, dans un restaurant de cet ordre, il arrive qu'on vous respecte. Je jouais ainsi au grand seigneur.

Au sortir de cette rêverie gourmande j'étais un peu ivre, ce qui ne fit qu'accroître le sentiment de désastre qui me poussait à la contemplation béate des arbres et du ciel, comme si une porte pût enfin me désigner un chemin à suivre, une issue.

Le matin, j'étais allé me réfugier dans la cathédrale Saint-Pierre. Un prêtre y célébrait deux baptêmes de suite. L'eau, le sel, un vêtement blanc, un cierge et le tout est arrangé ! Pendant ce temps, je me demandais comment Dieu pouvait me laisser me débattre avec mes désirs morbides, obsessionnels. Comment était-ce possible ?

Pourquoi m'as-tu abandonné ? Comme une valise ou un baluchon dans une gare envahie d'êtres inabordables, bruyants, nauséabonds. Jadis, j'ai écrit que la mort ressemblait à une odeur de croque-monsieur dans une gare, écœurante à souhait. Je me trompais, c'était l'odeur de la vie. Ce qui est pire, non ?

Ce matin-là, c'était le jour de la *Transfiguration*, le 6 août. Ma femme avait été enterrée un 5 août. Ironie du destin. Elle avait dû être transfigurée d'un coup, n'aurait pas eu à attendre la décomposition, les vers, les yeux qui se liquéfient. Clara transfigurée ou défigurée ? À quoi ressemblait-elle désormais ? Et si, à l'instant, je n'écrivais pas ceci, ne devrais-je pas imploser moi aussi, et les corbeaux viendraient alors se repaître de mes morceaux.

Quand je suis sorti de la cathédrale, je n'étais pas transfiguré. C'est pour cela que je suis allé faire un bon repas, si soigné : la nourriture, mais également la table, si soignées, et on a pris soin de moi aussi, pendant un temps.

L'après-midi je ne savais que faire. Aller dormir ? M'oublier ? Je sais, je suis égoïste. Je ne m'oublie pas si facilement. Je devrais aider les autres qui souffrent *vraiment* parce qu'ils sont malades, parce qu'ils vivent dans la misère. J'avais essayé de téléphoner à G., mais en vain. Il ne répondait plus. J'étais parvenu à le joindre deux jours avant. Il allait « petitement », disait-il, et sa vieillesse solitaire après quelques mois d'hôpital était à peine adoucie par le fait qu'il était entouré de sa bibliothèque, de sa collection de tableaux, de ses objets d'art. Lui qui avait publié plusieurs livres – un véritable poète – il ne pouvait plus écrire. Effet secondaire d'une anesthésie ? Ou engourdissement de tout son être ? Je lui avais proposé de lui installer sa machine à écrire sur son bureau pour qu'il tentât de taper directement des lettres une à une qui formeraient des bribes de phrases, puis des poèmes, mais il n'avait pas voulu. La veille, j'avais laissé sonner longtemps. Son infirmière avait fini par décrocher :

- Il est en soins.

- Très bien, je rappellerai, dites-lui que j'ai appelé.

Mais il ne répondait plus.

Comment savoir ce qui lui était arrivé ? Était-il à l'hôpital, pour des examens ? À la suite d'une nouvelle chute ? Ou à la morgue ? Penser à lui ne m'aidait pas à survivre et je craignais que cela ne l'aidât pas davantage. Comment aider les autres ?

Si je le savais, si les autres le savaient, je ne passerais pas mon temps à me regarder le nombril et le monde ne ressemblerait pas à ce qu'il est.

Je ne savais donc que faire. Alors, j'ai suivi la foule des familles et je me suis retrouvé, mi incrédule, mi goguenard, sur les bancs du cirque Pinder. Cela devait faire une cinquantaine d'années que je n'étais pas entré dans un cirque ! Cette ambiance si particulière m'a porté au-delà de la vie. Je me suis étonné de ce que les bambins d'aujourd'hui aient encore la faculté de s'esclaffer, de trépigner, de rire, d'applaudir avec tant de naturel, tant de bonheur. Je redoutais un moment de me mettre à pleurer au milieu de toutes ces manifestations de joie. C'eut été incongru. En réalité, les rares émotions qui m'ont parcouru n'ont fait que me traverser, sans m'ébranler. J'aurais pu disparaître dans cette foule et ne laisser qu'un petit tas de sable, personne ne s'en serait aperçu. Les paillettes, les lumières, les tours de force acrobatiques ou poétiques, le regard des animaux, les confidences échangées entre deux fauves qui se froufroutaient le museau, se parlaient à l'oreille, tout cela s'est depuis évanoui, comme si j'avais vu ce spectacle dans une autre existence, tant il est vrai que j'ai souvent le sentiment de passer d'une vie à une autre, d'un rêve à un autre.

Pourtant, hier au soir – le jour de la Transfiguration – je suis certain qu'il ne s'agissait pas d'un rêve, que j'ai vu cette forme tout de noir vêtue, la tête cachée sous une capuche. Elle était de la taille d'une femme. Son regard – mais je ne peux que le supposer puisqu'aucun fragment de visage n'apparaissait en bordure de capuche – devait être fixé sur les fleurs, devant elle, des fleurs en étoiles, de la passiflore, je crois, de couleur mauve. Un buisson longeait la clôture métallique, en bordure de maison. La femme était appuyée contre l'encoignure, à l'endroit où la clôture rencontrait le mur. On ne pouvait voir que son dos, et, en la contournant un peu, l'angle de la capuche, le long imperméable, le pantalon, également noir, un sac peut-être. Je n'en suis même pas certain.

J'ai pensé : celle-ci est plus prostrée que moi. Il faut que je lui parle, que je lui demande si elle a besoin d'aide. J'ai tant de fois reproché à mes anciens amis de m'avoir laissé me perdre dans mes silences, d'avoir contribué à mes naufrages… je n'allais tout de même pas faire la même chose avec cette femme, cette chose figée, en arrêt, songeant peut-être à mourir – on prête si souvent aux autres ses propres intentions. Si seulement, j'avais aperçu son visage ! Mais si je lui parlais, peut-être allait-elle m'agresser, se jeter sur moi, me mordre ou me griffer. C'était une situation insoutenable. Elle ne pouvait pas rester sur place, statufiée, sans être en état de détresse extrême. Et je ne ferais rien ? Je ne dirais rien ? Malgré tout, je fis quelques pas. Je me retournais. Elle n'avait pas bougé. J'avançais, je me retournais. Comme dans le jeu : « un, deux, trois, soleil ! » Mais devant moi, il n'y avait pas de but. Pas d'arbre ni de mur à toucher pour terminer le divertissement. La forme ne bougeait toujours pas. Jusqu'où aller sans perdre l'équilibre ? Combien de temps peut-on rester debout sans tomber ? Chaque fois que j'avais été en prostration, j'étais assis, éventuellement à terre. Debout, on s'effondre plus vite, non ?

Une curieuse idée me traversa l'esprit :

-    Clara, est-ce toi ?

En fait, les mots sont restés noués dans ma gorge. Je n'ai jamais cru aux fantômes, même si je crois souvent apercevoir mes amis parmi les passants, brièvement, avant de me souvenir qu'ils sont morts. Pourquoi mon aimée m'apparaîtrait-elle pour la première fois, deux ans après, dans une ville qui nous était étrangère ?

Je me retournais. Elle n'avait pas bougé. Je revins sur mes pas. Un sanglot, à peine perceptible, m'aurait empêché de parler. Il aurait pourtant fallu que je prononce au moins quelques mots.

Sous mon pied dépassait l'extrémité d'une fleur bleue. Je l'avais d'abord écrasée par inattention, puis rageusement, j'essayai de la faire disparaître entre les pavés disjoints. J'avais honte. J'avançais encore. J'hésitais à contourner la silhouette, à me pencher au-dessus de la clôture pour l'obliger à me faire face, pour l'affronter. Lui parler suffirait sans doute. Lui toucher l'épaule ? La contraindre à se retourner par un mouvement violent ? Pas le moindre souffle n'était apparent. Je veux dire que je ne la voyais pas respirer. Un homme passa sans faire attention à cette ombre ni à mes pas de danse allant et venant derrière elle. J'étais coupable de mon silence.

Je traversais l'étroite rue pour me coller contre le mur, de l'autre côté, derrière elle. Je me mis à gratter le lichen, me dandinais d'une jambe sur l'autre. La silhouette, le fantôme, le démon était devant moi. Je ne parvenais pas à m'enfuir. J'avais l'impression que ma vie allait s'achever là. Après une journée de pluie, un voile de soleil approcha timidement, se répandit entre les murs de pierre. J'étais en suspens. Dans l'image immobilisée d'un feuilleton au rabais. Plan séquence interminable. Le film ne s'arrêterait-il jamais ? J'avais en mémoire toute une vie dévorée miette à miette, mon amour pour Clara, et là, en état d'apesanteur, je croyais avoir vécu quantités d'autres vies. Pour rien au monde, je ne serais revenu à des âges antérieurs : ni l'enfance, ni les années d'adolescence pendant lesquelles j'avais dû lutter avec le plus de violence contre la tentation de la mort. Même les jours heureux ne me font plus envie. J'ai toujours su qu'ils allaient disparaître. C'est aussi ce qui faisait ma force.

Maintenant que je me remémore cette journée d'hier, je suis à nouveau au restaurant *Le Roscanvec*. Cette fois, j'ai choisi le menu *hédoniste* laissant le chef composer mon menu selon son inspiration. Langoustines coupées au couteau, sorbet de caviar d'Aquitaine, salicorne… homard savoureux, bœuf saignant accompagné d'amandes fraîches et de cèpes sur lit de houmous. Un vin pour chaque plat… je commence à me sentir mieux. Et là, comme j'attends de savourer mon dessert, je m'aperçois qu'une plume est à terre, au milieu de la salle. Non pas une grande plume, mais un duvet, si léger. Et il me revient à l'esprit qu'en partant, hier au soir, j'avais constaté que ma rencontre avec l'ombre avait eu lieu *rue des Anges*. Les choses s'accordaient entre elles, j'étais porté par un destin si grand, auquel j'attribuais des vertus. L'instant d'après, je me rends compte que c'est une erreur : tout cela s'est bien déroulé comme je le raconte mais dans la *rue des Vierges*.

La veille, mon entrée comportait un sorbet de crevettes grises, onctueux, subtil. J'étais émerveillé qu'un chef ait pu avoir une telle idée, au résultat si délicat… Je goûte les plats avec lenteur, avec cérémonie, et alors, seulement, je goûte de vivre. Même si je ne suis pas parvenu à parler à cette inconnue. Même si je ne l'ai pas sauvée. Je l'ai abandonnée. Je suis parti. Brutalisé dans mon corps et dans mon âme par la pensée que personne ne peut aider personne. Que tous tant que nous sommes, voués à la nuit, nous errons sans maîtriser ni le feu qui nous conduit, ni la pierre qui nous recueillera dans la mort. À mon troisième verre de vin, je vois l'épure de plume se déplacer dans la pièce. Un souffle d'air facétieux la pousse sur le parquet. Des scrupules me saisissent encore. L'ombre peut-être n'attendait qu'une main tendue, comme moi-même je l'avais espérée tant de fois. J'étais parti sans parler, sans un geste. Je l'avais abandonnée.

Dans la nuit qui a suivi, j'ai rêvé de cette ombre, mais elle n'était plus immobile. Elle se débattait contre un vent si violent que les arbres, autour d'elle, se déracinaient et s'en allaient sur la mer en marchant à grands pas.

Ce matin, j'ai appris que G. était mort hier dans la soirée, à l'heure où j'errais dans la Rue des Vierges, tentant en vain de secourir une ombre en perdition.

Mais personne ne peut aider personne.

Je le savais.

J'avais eu le tort de l'oublier. Je pardonne à tous ceux qui n'ont pas réussi à me venir en aide et, alourdi d'un nouveau repas paradisiaque, le cerveau noyé par de multiples couches d'alcool, je m'en vais sur le quai guetter l'arrivée des derniers estivants.

DESTIN

Il les vit pour la première fois dans le cloître : cloître béant accroché aux flancs de l'abbaye Saint-Robert. Trois petites filles se cachant derrière les colonnes de pierre... et, ce qui attira tout de suite son regard, toutes trois rousses, de l'espèce la plus flamboyante. Il eut été difficile de leur donner un âge : elles avaient à peu près la même taille et, à les voir disparaître et réapparaître en des points différents, il se demanda d'abord s'il n'avait pas affaire à une gamine unique espiègle et se démenant pour perturber la tranquillité des visiteurs. Mais deux d'entre elles s'approchèrent de lui en se pourchassant, s'enfuirent en émettant un son qui tenait à la fois du rire et du sanglot. Enfin, il les vit rejoindre la troisième, restée cachée dans un angle du cloître. Toutes trois se parlèrent à voix basse, se tournèrent vers lui et s'échappèrent avec le même curieux gloussement qui avait commencé à l'inquiéter tout à l'heure. Ces trois petites filles livrées à elles-mêmes – les parents qui ne pouvaient être loin étaient demeurés invisibles – l'intriguaient, d'autant qu'il prit conscience après coup qu'elles étaient vêtues de façon insolite pour des enfants, de noir et de blanc, ce qui soulignait la luminosité de leur visage paradoxalement livide.

En rentrant à l'hôtel, il apprit qu'on venait de découvrir le cadavre d'un homme, derrière le cloître, au pied de la tour Clémentine.

Un frisson à peine perceptible se logea un court instant dans la totalité de son corps. Il ferma les yeux et revit les petites filles courir, traverser la place de l'Écho en direction de la place La Fayette, les rouvrit et se sentit rougir devant le regard attentif – anormalement attentif – que l'hôtelière posait sur son visage décomposé. De plus en plus confus, il oublia de demander sa clef, oublia qu'il avait eu l'intention de monter dans sa chambre pour y prendre un peu de repos avant le dîner et sortit avec précipitation en claquant la porte.

Pourtant il était venu à la Chaise-Dieu pour y chercher la paix après une année de travail intensif dans un Paris survolté, surtout après que Leïla l'eut définitivement quitté sous prétexte qu'il devenait maniaque et insensible aux petits assauts de la vie quotidienne. Elle avait raison, seule la solitude pouvait le combler. La solitude et le silence.

Et la Chaise-Dieu grossissait de touristes attirés par les tapisseries, le trésor, les fresques de la Danse macabre, et de fidèles en quête d'un lieu de prière à leur mesure. Il avait depuis longtemps cessé de croire en quoi que ce soit, et l'art, même dans ses formes les plus pures, l'avait toujours ennuyé. Non, il ne serait pas comme ces visiteurs qui font semblant de s'intéresser aux belles choses, une fois par an, parce que c'est la coutume. Il était venu pour se reposer, dans la solitude et le silence.

Au dîner, il but plus que d'ordinaire. Si bien que son regard de plus en plus vide attira l'attention des clients de l'hôtel et même du personnel.

Le lendemain, tout le monde parlait de « l'affaire ». Le mobile du meurtre était inconnu, tout autant que l'identité de la victime. Celui-ci avait été tué rapidement, vraisemblablement d'un coup de rasoir précis et bien placé.

Sans savoir pourquoi, entendre parler de « l'affaire » lui ôtait la faculté de s'exprimer sans bégaiement. Il se décida pour une longue promenade en forêt, le plus loin possible, hors de toute présence humaine.

Il avait marché déjà deux heures quand il les rencontra pour la deuxième fois. Elles jouaient à cache-cache derrière les arbres comme elles l'avaient fait derrière les colonnades. Il s'immobilisa. Tout en l'observant, elles continuaient à jouer d'un air grave ; leurs expressions étaient celles d'un adulte et leurs gloussements ne simulaient qu'imparfaitement le rire, les faisant grimacer avec laideur. L'une des fillettes tenait des fils de toutes les couleurs et les assemblait tandis qu'elle courait. Ses doigts étaient si habiles, si rapides, qu'ils ne pouvaient être suivis du regard. Comme il essayait de s'approcher, elles se mirent à crier, tendirent leur bras droit vers lui, en le désignant de l'index, puis se retournèrent brutalement et s'enfuirent aussi promptement que la veille.

Il voulut hurler : « qui êtes-vous ? » Sa phrase n'était pas achevée qu'elles étaient déjà inaccessibles.

Il rentra, porté par un sentiment d'hébétude, monta dans sa chambre et sans dîner, se coucha, exténué.

Le lendemain, c'était un mercredi, il resta toute la journée enfermé, renvoyant avec irritation la jeune fille chargée de refaire les lits.

Le jeudi matin, il put enfin se lever. Or, ce fut pour apprendre qu'on venait de découvrir un second cadavre, égorgé comme le premier, à peine dissimulé sous quelques feuilles dans la forêt qui borde la route conduisant à Brioude.

Personne ne savait qu'il était allé là-bas, pourtant il ne put retenir de dire, pour lui, ce que certains l'entendirent prononcer distinctement :

- Mais, je n'ai rien vu !

Il alla à la pharmacie acheter quelques somnifères et, à nouveau, s'enferma dans sa chambre. Il avait peur. Ses premières appréhensions s'étaient avérées justifiées : les trois monstres étaient chaque fois sur les lieux du crime et chaque fois elles l'avaient dévisagé avec insistance. Il serait la prochaine victime, il en était certain, il en avait peur. Mais, par un fait extraordinaire, il évita d'aller trouver la police. On se rirait de lui : « trois petites innocentes devenues meurtrières ! Et pour quelle raison ? Comme ça ! Pour le plaisir ! » Non, mieux valait prendre ses précautions, se terrer, apprivoiser sa peur, se tenir à l'affût. Quelque chose dans ce mystère l'empêchait de dormir : ce geste, le désignant ou désignant un destin auquel il eût voulu se soustraire, obsédant, un geste, rien de plus, mais qui venait le hanter. Et quand enfin, il parvint à s'endormir, il les vit, toutes trois, dressées devant lui, autour de son lit, à nouveau menaçantes, tout au moins le montrant du doigt. Au même instant il crut les entendre murmurer : « c'est lui... c'est lui... »

Le vendredi il se décida à sortir. Rien ne pouvait être pire qu'une journée d'attente dans un état de léthargie douloureuse, guettant le sommeil, en même temps le fuyant, luttant sans cesse contre son corps et contre son esprit. Mieux valait sortir, quitte à se faire égorger. Il décida de ne pas s'éloigner de la ville, ni même des lieux tels que l'abbaye ou les rues principales, particulièrement fréquentées à l'approche du week-end.

Et en effet la journée se déroula sans incident. Des policiers sillonnaient la région à la recherche d'indices. Personne ne faisait attention à lui. Cependant, il restait méfiant, un rien maussade. Il acheta le journal pour connaître, comme tout le monde, les détails de « l'affaire ». Il avait espéré, sans se l'avouer, qu'il serait fait mention de la présence insolite de trois petites filles juste avant le crime – ou peut-être juste après, mais rien, pas un mot à ce sujet, rien qui valût la peine d'être lu, un amalgame de remarques sans importance, bien médiocre copie d'un journaliste sans imagination ! Il jeta le journal dans la première poubelle venue.

Comme le samedi se déroulait tout aussi paisiblement il commença à reprendre confiance, continuant toutefois à se mêler à la foule, errant devant les marchands de souvenirs. Quelquefois il se retournait brusquement pour s'assurer qu'ELLES ne le suivaient pas, prêtes à bondir sur lui. Les gens le regardaient s'arrêter, puis le contournaient sans chercher à comprendre davantage.

Le dimanche enfin il arriva et se crut délivré. Les rues s'étaient un peu vidées ; une partie des habitants et des touristes assistaient à la grand-messe. Aussi pour ne pas gâcher un si beau triomphe (si son sursis se prolongeait encore, cela signifiait qu'il pourrait tout aussi bien se prolonger indéfiniment) il préféra demeurer dans sa chambre d'hôtel jusqu'à midi. Il en sortit précipitamment, dès que les premières cloches sonnèrent la fin de l'office, et à nouveau il put se promener sans angoisse.

Le soir même, certain d'avoir gagné, il se remit à vivre avec légèreté, se doucha, se rasa et descendit pour le dîner après avoir revêtu le costume des grands jours.

Il décida de choisir le menu gastronomique, de commander une omelette aux girolles, une cassolette de ris de veau, finalement se ravisa et sans savoir pourquoi annonça qu'il voulait une entrecôte marchand de vin... et puis un Côte Rôtie et, satisfait, il se mit à considérer avec un air supérieur ces familles attablées près de lui, bruyantes, curieusement insouciantes de tout danger.

Il sortit du restaurant, ivre, non par le vin, mais par la jouissance d'être encore en vie. Les sapins s'agitaient dans le vent. Il contempla leurs silhouettes étranges et pensa que si les sapins n'avaient pas de sensibilité pour éprouver le vent dans le tréfonds de leurs âmes, qu'alors la Création était chose stupide, que le monde entier livré à ses mouvements dérisoires était une aberration que lui, du fond de sa conscience, tenait à injurier de toute son exaltation d'homme, d'homme vivant, d'homme éternel. Aveuglé par ces considérations, il fit encore quelques pas, puis songea à rebrousser chemin.

Parvenu à son hôtel, il ne put se retenir d'exhaler un soupir de soulagement. Il prit sa clef et s'engagea dans l'escalier conduisant à sa chambre située au second étage. Il était sur le palier du premier étage lorsque levant la tête vers les marches suivantes, il s'immobilisa d'épouvante, pétrifié, muet. Là, les trois fillettes rousses étaient penchées au-dessus d'un homme gisant en travers, perdant son sang. Celle qui lui parut alors la plus jeune, en se relevant, lâcha l'arme du crime qui, contrairement aux affirmations des enquêteurs, se révélait être une paire de ciseaux ! Il voulait crier, mais n'y parvenait pas. Les petites filles, sans se presser, descendirent les quelques marches qui les séparaient de lui, tournèrent autour de lui en le considérant fixement, et leur regard vert où perlaient de petites étoiles jaunes et brunes semblèrent entrer en lui avec violence, jusqu'au centre de son thorax. Lorsqu'il put reprendre ses esprits, elles avaient disparu. Il s'approcha du cadavre, l'examina, se saisit avec étonnement de la paire de ciseaux... quand, de l'étage supérieur, surgit l'hôtelière qui à sa vue, se mit à appeler à l'aide et à l'insulter. De partout arrivèrent des gens qui le brutalisèrent et le contraignirent à demeurer assis en attendant l'arrivée de la police.

Tout l'accusait : le flagrant délit, son comportement les jours précédents, les traces de ses pas sur les lieux de l'un des crimes, tout, y compris sa solitude revêche, son irritation.

Il essaya d'évoquer la présence des trois petites filles mystérieuses. On parla de délire. Ni les témoins, ni le commissaire, ni le juge d'instruction ne furent convaincus. Restaient les jurés, l'avocat général...

Les fillettes répondant au signalement donné par l'homme avaient été convoquées devant le commissaire et le juge d'instruction. Au procès, on fit venir leur mère, pour simple témoignage.

Étrangement, c'était une femme très brune, aux cheveux de nuit. Tout l'assistance se demanda, en l'absence du père, comment elle avait pu engendrer trois petites aussi rouquines. À toute la Cour elle expliqua encore une fois, que le soir du troisième meurtre, son aînée était occupée à faire des exercices de géométrie, la seconde regardait la télévision (il y avait un documentaire sur les araignées, sur la façon dont elles tissent leurs toiles), et la cadette justement à côté d'elle, affalée par terre, à faire des découpages...

- Madame Parque, je vous remercie pour votre déposition. Les jurés en savent maintenant assez ; ils vont pouvoir se retirer pour délibérer.

Il fut, bien entendu, condamné à mort. Et il mourut sur l'échafaud, la tête tranchée, sans que personne jamais ne vînt à remarquer le nom des trois petits monstres qui avaient accompli, pour lui, le destin qu'elles lui avaient choisi.

LA PREMIÈRE ÉTOILE

Cela faisait deux mois que j'avais été placée dans une maison de retraite pompeusement nommée *L'Orchidée bleue*. À l'hôpital, on m'avait dit que je passerais ma convalescence en maison de repos et que je rentrerais chez moi ensuite. Mais lorsque Stéphan le jeune animateur me déclara : « madame Delasnay, vous êtes le Raymond Poulidor du quiz ! », je le regardais ahurie. Il crut que je n'avais pas compris et prit soin de préciser :

- Vous ne connaissez pas l'éternel second ? À chacun de nos jeux, vous arrivez deuxième ! Et je suis sûr que vous ne trichez pas !

Mais ce jeune homme ne pouvait pas savoir que sa boutade m'avait fait comprendre une chose : que je serai toujours perdante. Être second, c'est bien être perdant, non ? Que jamais je ne rentrerai chez moi et que je ne sortirai de cette maison que dans un cercueil ! Pour toujours coincée dans une caisse qui ne permet pas qu'on écarte les bras.

Et tout en continuant à le fixer, je me mis à suffoquer.

- Ce n'est rien, Mme Delasnay, juste une petite plaisanterie. Ne vous en faites pas ; vous finirez bien par gagner. Et si ce n'est pas la semaine prochaine, ce sera un peu plus tard. J'ai confiance. Vous êtes parmi les plus cultivées de nos pensionnaires ; il n'y a pas de raison pour que vous ne gagniez pas !

Aussitôt Stéphan se retourna et d'une main se saisit des quelques roses placées dans un broc et me les remit.

- Tenez, c'est pour vous… Un lot de consolation, en quelque sorte. Prenez-en soin.

Malgré moi, je les acceptai et tournant les talons me dirigeai vers l'ascenseur pour remonter dans ma chambre.

Je m'effondrai dans mon fauteuil, derrière la petite table ronde installée entre le lit et la fenêtre. Au dehors, des enfants jouaient au toboggan. L'aboiement d'un chien me parvint, mais je l'oubliais. Tout basculait en moi : des dialogues et des images. Stéphan avait raison : j'avais toujours été le Raymond Poulidor de tous les quiz, et même au jeu de la vie on ne m'avait pas permis de gagner ! Ses quelques mots venaient de faire exploser ma mémoire. Je ne voyais plus les enfants dans le parc, ni ma chambre. Je ne voyais que les débris d'une existence apparemment réussie, mais en réalité vouée à l'échec. Je ne le découvrais que maintenant, trop tard.

Je regardais dehors, mais ne voyais plus que ma vie qui défilait en moi.

Pendant ces dernières années j'ai eu le sentiment que le temps passait de plus en plus vite et rien ne pouvait arrêter le tourbillon qui m'étourdissait. Depuis que je vis à *L'Orchidée bleue* – quel nom stupide, ridicule ! -, depuis que je vis ici le temps se traîne, tourne en boucle, et chaque minute, identique à la précédente, si elle m'étourdit tout autant me pousse inéluctablement vers la sortie, s'allonge, s'étire comme un fil élastique qui finira par me claquer à la figure.

Le monde, ici, n'est pas calqué sur celui de l'extérieur. Les pensionnaires ont beau, un jour, avoir exercé le métier de boulanger ou d'avocat, ils ne sont pas le reflet du boulanger ni de l'avocat que l'on peut croiser dehors, dans la vie, la vraie vie – si toutefois on peut savoir ce que signifie *la vraie vie* - En arrivant ici, je croyais naïvement que je pourrais poursuivre mes activités tranquilles de retraitée : lire, regarder des films à la télévision, écrire à des amis. Mais si je peux effectivement lire, écrire, c'est avec la sensation que ces actes répétitifs, artificiels, convenus, se perdent dans le vide. Comme si toute possibilité d'écho avait disparu, comme si un son, au lieu de se prolonger naturellement jusqu'à son extinction, s'interrompait brutalement, cassé, anéanti. Que plus rien ne puisse arriver ne change rien à l'existence. Rien ne peut réellement arriver.

Ma voisine, dans la chambre d'à côté, le dit à longueur de journée : « je ne sers plus à rien. Je suis une loque. À quoi bon rester couchée. Toute ma vie j'ai fait des séjours à l'hôpital : le sana et puis maintenant… j'ai hâte que ça finisse ! ».

Il est facile de l'écouter ! Parce qu'elle perd la mémoire. De temps à autre, je réponds, toujours brièvement et uniquement quand elle m'interroge :

- Et vous, vous avez des enfants ?

- Ils viennent me voir.

- Et vous faisiez quoi comme métier ?

Je peux répondre ce qui me passe par la tête. De toute façon, elle oublie tout au fur et à mesure et me repose les mêmes questions en boucle. Je laisse venir mes réponses selon l'humeur du moment. Une fois, je me suis dit : « et si elle jouait la comédie ? Si elle me testait ? Elle doit se rendre compte que je dis n'importe quoi ! » Mais je suis crétine, ou vicieuse : comment un vieillard – car, désormais, on nous appelle ainsi – quel vieillard pourrait avoir l'idée de jouer la sénilité ? Répéter sans arrêt les mêmes questions ne peut pas aider à *tuer le temps*. Et si elle jouait, je parviendrais bien à tromper son attention. Non, tout simplement sa mémoire est à trous et, si je reste ici, la mienne sera bientôt aussi mitée.

Alors je l'écoute. Je sais qu'elle a raison. Moi aussi, j'ai hâte que cela finisse. Je pense comme elle mais je ne le dis pas. Je ne me plains pas. Il est vrai que je suis encore valide. Pour combien de temps ? Ici, ceux qui sont handicapés sont mis à l'écart. C'est honteux. Les rapports de force existent dans toutes les strates de la société. Ceux qui entendent mal, on ne leur parle plus. Ceux qui ne peuvent plus marcher, on ne songe même pas à pousser leur fauteuil roulant pour les sortir de leur isolement. Et ceux qui restent couchés, personne ne vient les voir. Le vieil Albert entre dans toutes les chambres en hurlant, pour chercher un chat qui a dû mourir il y a maintenant bien longtemps ! Chacun pour soi. Je n'appartiens plus au monde. Je regarde au dehors, mais c'est comme si je vivais dans un décor de théâtre. Les comédiens sont trop loin. Ils ne savent même pas que j'existe et je ne peux pas interrompre la pièce qui se joue sans moi. La solitude des uns ne consolide pas le moral des autres mais contribue à l'indifférence générale. Non seulement le temps est de plus en plus inconsistant, mais les couloirs sont de plus en plus longs.

Dans la salle à manger il y a ceux qui se taisent et ceux qui crient. Rien n'est plus normal. Jeanine, qui aura 96 ans dans un mois, braille d'une voix dissonante, appelle au secours régulièrement ; personne ne l'écoute plus. La première fois qu'on l'entend, on s'inquiète. Et … si elle avait vraiment besoin d'être secourue ? Mais on s'habitue plus vite qu'on pourrait le croire. Le fait qu'elle puisse réellement avoir besoin d'aide ne me traumatise plus. Toutes les idées glissent en moi, comme sur une surface huilée, imperméable. Bientôt, je ne sentirai plus rien. Je me contente d'attendre. De regarder au dehors. D'attendre. L'intolérable, l'insupportable n'ont plus de sens ici. Sinon, tous les pensionnaires s'enfuiraient, d'une façon ou d'une autre.

Si j'ai été l'éternelle seconde, c'était avant. En dépit de mon aplomb, je me suis toujours effacée. J'ai toujours su être derrière. Dans ma famille, parce que ma mère si extravagante dans ses élans de tendresse était davantage attentive à préserver l'amour de mon père, exclusive, jalouse.

Dans ma vie professionnelle, on a préféré choisir quelqu'un d'autre au moment où j'attendais un poste, reconnaissance de mon investissement, décision injuste et arbitraire qui m'a privée d'une réhabilitation, et cela parce qu'on refusait de voir que j'avais été victime de harcèlement, oui, maintenant j'ose employer ce mot. N'importe quel condamné a droit à une réhabilitation, à une seconde chance. J'avais été victime mais j'étais considérée comme coupable. Alors, je suis partie à la retraite, sur un coup de tête, blessée. J'ai fui. J'ai déserté. Comme je l'avais toujours fait. J'avais cessé de plaire. Plus rien ne me retenait.

Même en amour, j'ai gagné la deuxième place ! Amante pendant trente ans d'un homme à qui je ne demandais rien d'autre qu'un peu de présence de temps en temps. De qui je n'ai jamais rien exigé. Sa femme m'a haïe comme il se doit, alors que je ne lui retirais rien. Je peux même affirmer que je les ai rapprochés lorsque, pour vaincre mon sentiment de culpabilité, j'ai accepté un ménage à trois. Cela n'a duré qu'un temps. Elle n'a pas supporté la situation plus d'un an et n'a pas réussi non plus à se débarrasser de moi. Il était heureux entre ses deux femmes. Je l'aimais. Le fait qu'il l'aimait aussi ne me dérangeait pas.

Ici aussi, je suis donc l'éternelle seconde, la perdante.

Je regarde au dehors. C'est l'hiver. Personne ne vient me rendre visite. Je regarde au dehors. Il fait anormalement doux et la nuit tombe de bonne heure. Les enfants ont quitté le parc, mais la planche à bascule, je crois me souvenir que cela s'appelle un tape-cul, c'est bien cela ? La planche à bascule continue à se balancer, tout doucement. Ils ont dû partir il y a peu, sans que je les remarque. Ou bien, c'est le vent qui la fait bouger.

Je pense à la nuit. Je me souviens des soirées de mon enfance, l'été, à la campagne. Mon père avait une lunette astronomique et on regardait le ciel. Je me couchais dans l'herbe et, la tête renversée, j'étais prise de vertige. L'infini m'effrayait et m'attirait tout à la fois. Personne ne peut *maintenant* se souvenir de l'enfant que j'ai été. Cela aussi me donne le vertige.

La nuit ne sait pas qu'elle est traversée d'étoiles. Je suis peut-être sans le savoir traversée de lumières venues du passé, messages transmis depuis des siècles et qui conduisent ma vie sans que je le sache. Pourtant, je ne parviens pas à les discerner. Je voudrais seulement percevoir quelques frémissements, deviner le moindre signe. Mais rien. Je ne sens rien. Livrée au désert, entraînée avec d'autres fantômes.

Car ce sont bien des fantômes qui m'entourent, disposés comme des potiches. Certains passent toute leur journée dans l'entrée à guetter les visiteurs, ceux précisément qui ne reçoivent jamais de visite : Henriette affalée au creux d'un fauteuil dans une position obscène, la jupe à demi relevée, la main entre les cuisses et la tête dans les nuages, Gustave, le corps tordu, recroquevillé sur ses maigres os, Geneviève accrochée à son déambulateur comme à une bouée de sauvetage, allant et venant.

C'est pour cela que je reste enfermée dans ma chambre. Je m'abandonne, je rêvasse.

Ma mère me disait que j'avais eu tort de ne pas vouloir d'enfants, que je vieillirais seule. C'était vrai, bien sûr. Mais comment pouvait-elle me dire cela ! M'avait-elle conçue pour elle ? Pour ses « vieux jours » ? Je ne le pense pas, je ne l'ai jamais pensé, mais … Me dire cela ! Croire que je puisse ne pas m'offusquer de ce calcul hasardeux, égoïste ! J'ai su alors que j'avais eu raison d'interrompre la chaîne des générations ! Et je reste convaincue que j'ai eu raison.

« Le Poulidor du quiz » ! Je n'en reviens pas ! Je rêve que je rêve et que je vais me réveiller, retrouver ma jeunesse et mon amant, oublier que les couches de l'ouate du temps s'empilent inévitablement jusqu'à étouffer tous les vivants les uns après les autres. Je me réveille en effet pour de bon, après quelques instants de somnolence. Je me révolte. Il est presque l'heure du dîner : 18 heures ! La nuit est si longue ensuite !

Le petit Stephan ne sait pas quel cataclysme il a déclenché ! Perdre pour perdre, autant tout détruire. Ma situation ici comme celle de tous ces fantômes enchaînés ne peut pas durer. Tant de souffrance, même édulcorée est ici subie par abattement, par négligence, puis par lassitude. Souffrance vaine. Qui n'apporte rien à personne. Sinon un travail pour quelques infirmiers, aides-soignants, médecins, cuisiniers, etc. etc. et bla-bla-bla. Un système social qui ne sert qu'à entretenir l'illusion que la vie pourrait être utile, merveilleuse, indispensable à la survie de l'espèce – dont je n'ai jamais compris le sens. Tout détruire, oui.

Je me souviens d'un vieil ami que j'allais voir une fois par semaine dans sa maison de retraite, pour lui montrer qu'il n'était pas oublié, pour lui apporter de la lecture. J'avais alors une cinquantaine d'années. Peu de temps avant sa mort, je le trouvais couché, les bras croisés. J'avais beaucoup de mal à soutenir une conversation, consciente de son état, embarrassée de devoir prononcer des mots de consolation inutiles, voire incongrus du fait de la distance qui existe entre le monde des grabataires et celui des bien portants.

Je m'engageais dans un dialogue qui s'avéra être le dernier.

- Ce n'est pas facile d'échanger avec toi, tu n'es pas bavard aujourd'hui. Tu veux dormir, peut-être ?

- Il est difficile de parler dans la quiétude.

- Tu es sûr qu'il s'agit de quiétude ? Pas d'ennui ?

- L'ennui, c'est encore un sentiment. Je ne ressens plus rien.

Décontenancée, je compris qu'il était désormais très loin de la frontière, avancé plus que je ne le pensais dans l'univers élastique qui sépare les vivants et les morts. Une soudaine angoisse me fit quitter la chambre. Je n'avais plus rien à lui dire ; je ne pouvais plus rien pour lui. Il ne pouvait plus rien pour moi. La nuit suivante, je m'éveillais avec cette pensée superbement égoïste : quand ils seront tous morts, qui viendra à mon enterrement ?

Je ne veux pas de cela.

Je sais où sont cachés les produits d'entretien dont certains sont inflammables. Je sais où est la clé qui ferme le cagibi. Je sais que le surveillant de nuit passe beaucoup de temps à l'étage en-dessous avec sa collègue laissant vide son bureau ouvert. Ce soir après le dîner, je veillerai jusqu'au départ de l'équipe de jour. Et au milieu de la nuit j'allumerai une dernière cigarette, je répandrai le feu dans les longs couloirs, enfin ! Vous n'avez pas remarqué comme beaucoup de maisons de retraite flambent par la négligence d'un fumeur ?

Cette fois, peut-être, je ne serai pas derrière le gagnant. Je serai l'étoile qui met le feu à la nuit : la première étoile !

LA TOUR

Il faisait un vent non pas « à décorner les bœufs »… il n'y avait pas un seul ruminant à l'horizon, mais un vent à faire tomber n'importe quel individu normalement constitué. La météo avait alerté toute la population, touristes et pêcheurs. Il n'avait jamais eu à supporter une telle bourrasque ni ressenti dans son corps ce besoin de lutter pour survivre, et il en fut surpris plus qu'effrayé.

Lorsqu'Etienne Jouan entreprit de s'approcher de la tour, il n'eut que la ressource de se plier pour aller de l'avant. La mer s'écrabouillait contre la jetée, s'y fracassait, et rien ne pouvait l'arrêter. Il resta prudent, conscient qu'elle ne lui passerait aucune faiblesse. Il demeura un moment à regarder la baie. Le soleil filtrait de temps à autres entre des nuages difformes qui filaient dans le ciel à une allure galopante. De petits bateaux ballottés par les vagues lui parvenaient des sons de clochettes, qui lui rappelaient les clarines qu'il avait pu entendre dans les Alpilles. Il avait le souffle court et sa poitrine oppressée menaçait de se rompre. Il décida de revenir sur ses pas et d'aller visiter l'exposition installée dans la tour, consacrée aux capitaines au long cours cap-horniers. Il s'était renseigné sur les horaires d'ouverture. L'heure de la pause déjeuner était terminée. Il serait le premier en ce début d'après-midi. Il lui sera ainsi loisible de s'y promener sans être dérangé par les commentaires d'autres visiteurs ou par les cris d'enfants turbulents. Les rues encore désertes l'invitaient à profiter pleinement d'une tranquillité bienvenue après les assauts de la tempête. La tour Solidor, en dépit de son histoire passionnante, attirait beaucoup moins d'estivants que les plages de Saint-Malo. Ainsi, il serait à l'abri, bien protégé par les murs épais de ce monument plusieurs fois centenaire. Et, dès qu'il eut passé le seuil, des sentiments de réconfort et de plénitude l'envahirent effectivement.

Il était venu là pour se reposer, pas pour s'épuiser davantage ! L'année avait été difficile. Il avait perdu plusieurs amis, et en particulier Vibert, mort dans des circonstances atroces. Le type de mort qui ne vous laisse pas en paix. Ni le jour ni la nuit. L'accroissement de ses responsabilités lui avait laissé penser que cela l'aiderait et qu'il pourrait s'oublier dans le travail mais bien sûr cela n'avait fait qu'empirer les choses. Il dormait encore plus mal, et la fatigue accumulée ne lui permettait plus de récupérer comme il l'avait toujours fait, avant, quand il était plus jeune. Mais c'était il y a longtemps. Il s'apprêtait à fêter ses soixante ans, et cela aussi c'était une épreuve à surmonter. Que lui réserverait l'avenir ? Aurait-il seulement un avenir quand il prendrait sa retraite, au plus tard dans cinq ou six ans ? On a tous entendu parler de gens qui meurent dès la première année d'inactivité. De toute façon, il redoutait de se sentir encore plus inutile que maintenant. Ce ne sont pas les femmes qu'il avait aimées qui auraient su donner un sens à sa vie. Ni leurs enfants qui étaient tombés du nid trop rapidement et dont il aurait dû être fier. Ils avaient tous réussi, ou tout au moins ils avaient tous une position sociale susceptible de faire des envieux. Mais non, il n'en était pas fier. Ils étaient désormais bien loin de lui, presque des étrangers. Il aurait pu plaire encore, peut-être, mais ses précédentes unions avaient toutes viré au désastre… alors, à quoi bon ! Sa solitude, tantôt lui pesait considérablement et le lendemain il en jouissait, et même s'y complaisait. Aujourd'hui, il voulait prendre pour une fois de vraies vacances, essayer de ne pas s'encombrer de pensées inutiles.

En franchissant le seuil il dut accoutumer sa vue à la demi-obscurité. Dehors, le soleil était à peine visible, mais sa luminosité filtrait malgré tout sans qu'il y eût pris garde.

Il se sentit d'un coup pénétré d'une paix bienfaisante, lové dans cette pénombre, entouré d'objets qui lui parurent familiers, sans doute parce que son enfance avait été habitée par l'imagerie des livres d'aventures. Il avait plus d'une fois rêvé, lui aussi, de conquérir le monde, aller seul sur les routes ou sur les mers, avec pour seul bagage un baluchon le plus léger possible. Il avait aspiré à fuir une mère trop encombrante, et pourquoi pas partir sur les traces de Jack London dont il avait lu plusieurs livres ? Même maintenant ces objets lui paraissaient hantés et l'invitaient à plus de liberté, inexplicablement le réconfortaient.

Il avait toujours estimé qu'il ne vivait pas à la bonne époque. Il appréciait le confort apporté par les technologies modernes, mais cela ne l'empêchait pas de songer que le bonheur venait d'ailleurs et que vivre en contact avec les éléments, au rythme des saisons, permettait un meilleur épanouissement. Rester relié à la nature en dépit des écrans de toutes sortes ! Il disait cela mais n'aurait jamais voulu vivre hors de Paris. Il avait bien conscience de ses contradictions et c'était sans importance. Il est à remarquer qu'il se sentait aussi bien dans les églises quoi qu'il ne crût en aucun dieu. Protégé, donc. Il avait besoin de recueillement, d'éliminer toute violence. Juste demeurer tapi.

Il n'avait pas envie de lire les commentaires, il éprouvait trop de mal à fixer son attention, et fournir un effort l'ennuyait terriblement. Il les retrouverait peut-être sur internet. Les maquettes de navires, un astrolabe, des portraits, tout était agencé pour le plaisir du visiteur. Il était donc seulement en état de contemplation, quand il entendit marcher dans la salle immédiatement supérieure. Il s'en étonna. N'avait-il pas pris soin d'arriver le premier ? Il s'en inquiéta, brièvement. Puis, il se dit que cela n'avait aucune importance et il cessa d'y penser.

Il s'engagea dans l'escalier dont la pierre usée brillait sous un rai de lumière tranchant. Il en admira la perfection. C'était là une trace d'éternité devenue visible par miracle, à défaut d'être palpable. Tout est là, songea-t-il, le contraste entre la vie du dehors et la vie du dedans.

Dans la salle du deuxième étage, il se mit à regarder la Rance piquetée de petits bateaux. La fenêtre à petits carreaux ouvrait une brèche sur une clarté également rassurante. Là, en bas, la mer avait l'air d'avoir retrouvé son calme ; peut-être n'était-ce qu'une illusion. De loin, tout semble toujours différent, hors de portée.

Il s'éprit du buste d'une jeune femme ou d'une jeune fille plutôt, dont le sourire à peine perceptible semblait lui être adressé. Ses cheveux retombaient avec élégance sur les plis de son corsage, et il s'arrêta beaucoup plus longtemps que devant les autres vitrines.

À nouveau, il entendit des pas, juste au-dessus de lui. Il verrait plus tard quels étaient ces intrus qui avaient interrompu sa rêverie.

Dans les salles suivantes, il resta en arrêt devant une mappemonde du 16e siècle, une carte en forme de cœur, très peu réaliste certes, mais incroyable appel au voyage, puis devant une vitrine où était déposés sextant, longue-vue, compas, et quantité d'instruments évoquant la navigation.

Lorsqu'il arriva au troisième étage, il ne trouva personne. La montée l'avait fatigué. Un léger vertige le contraignit à s'appuyer contre mur. Il resta un temps immobile devant la fenêtre ouverte. Que de beauté ! se dit-il.

Il négligea les bateaux en bouteilles et se dirigea vers la photo des marins : « l'équipage du trois-mâts-barque *Marie* des Voiliers de Saint-Nazaire » qui, parti de Cherbourg pour rejoindre San Francisco, s'échoua. Les marins après avoir navigué dans les embarcations de secours furent pour la plupart récupérés par un chalutier. Mais ce trois-mâts finit tout de même par couler, trois ans plus tard, en 1916. Il se mit à dévisager cette vingtaine de marins, l'un après l'autre, à leur parler dans sa tête. La plupart portaient barbe ou moustache. Il eut de la compassion pour ces hommes contraints de naviguer pendant des semaines par tous les temps, loin de leur famille et dans des conditions de travail déplorables. Tous, face à l'objectif, pouvaient-ils imaginer que, cent ans plus tard, un individu prendrait le temps de les considérer ? De tenter de lire en eux le récit de leurs aventures ? Morts maintenant depuis de nombreuses années, condamnés à l'oubli, ils seraient réveillés par l'œil d'un bourlingueur solitaire.

Etienne Jouan fut à nouveau pris de vertige. Devant lui, il vit – ou crut voir – que l'un des marins clignait des paupières.

Un autre caressait sa pipe.

Un violent courant d'air le fit chanceler.

Au centre de la photo, un cap-hornier à barbiche fit une moue très distinctement méprisante.

Jouan prit conscience que le vent semblait venir de la vitrine. Il lutta contre sa poussée, effrayé. Il porta la main à sa poitrine. Le vent lui faisait mal. Ses yeux restaient fixés sur la photo parce qu'il ne pouvait pas s'en détourner. Il essayait, mais son corps ne lui répondait plus.

Une bourrasque plus intense le poussa jusqu'au fond de la pièce. Le portrait des matelots au lieu de lui paraître plus petit s'agrandissait.

D'un coup, il se retrouva sur le chemin de ronde.

Les nuages s'étaient éloignés. Le soleil l'aveugla, brutalement. Il tenta de s'accrocher à la muraille. Ses oreilles bourdonnaient mais il crut entendre l'un de ces chants de marins qu'il avait souvent écoutés quand il avait une douzaine d'années.

Remis de son éblouissement, il vit des ombres qui dansaient devant lui, comme si les navigateurs sortis de leur cadre s'étaient mêlés au vent pour aggraver son malaise. Le vent continuait à le pousser.

Il avait maintenant très mal et renonçait à résister.

Il se retourna. Tout en bas, la marée était descendue. Des bateaux à sec s'inclinaient sur le sable qui scintillait. Un trait de lumière particulièrement puissant accrut son étourdissement. Il tendit le bras, cherchant à se raccrocher comme il le pouvait. De la main il agrippa un pan de la vareuse du marin qui était parvenu tout près de lui.

Il fut retrouvé au pied de la tour, disloqué sur les rochers.

On ne savait pas s'il s'agissait d'un accident. Plusieurs de ses collègues en conclurent qu'il s'était suicidé.

Mais personne ne s'aperçut que sa main droite était fermée et qu'entre ses doigts crispés il tenait encore un morceau de tissu venu on ne sait d'où…

ICI ET AILLEURS

Le bruit, la chaleur ralentissaient son pas, l'obligeaient à traîner le long des vitrines. À deux heures de l'après-midi les rues étaient désertes et les boutiques fermées, sauf un marchand de cartes postales et de jouets pour la plage. En s'approchant de l'église il pensa qu'il ne l'avait pas encore visitée et qu'il pourrait y trouver un peu de fraîcheur.

En poussant la porte, il entendit l'orgue et fut happé par cette musique à la fois puissante et apaisante. Il avança le long des chaises. Il n'y avait personne. Le bruit des voitures ne lui parvenait plus. La lumière était douce et comme irradiée d'ombres transparentes. Il s'assit.

Alors, il prit conscience de cette peur qui le hantait depuis des jours et des jours. Il l'avait déjà perçue, très faiblement, mais là, brusquement, elle l'envahissait, il ne pouvait plus faire semblant et l'ignorer, elle existait en chaque point de son corps et de son esprit. Tout le faisait sursauter : un chien ou un enfant qui traversaient la rue, le moindre bruit – surtout le bruit – sonnerie ou bruissement... Il avait peur de la mort des autres – de ses amis, de sa famille – peur même de ce suicide auquel il avait pensé tant et tant de fois et auquel tout le ramenait, y compris cette peur. Les autres vivaient pourtant, et cela leur semblait naturel. Souvent il se demandait comment ils pouvaient y parvenir. Dans cette église il se sentait bien. Cependant, il ne croyait pas en Dieu. C'était seulement un refuge. Mais il ne pouvait pas y vivre. Il fallait vivre au dehors, retrouver la peur. Une immense ferveur l'étreignit. La musique, si violente, le tenait là et il ne cherchait pas à s'en arracher.

Il était assis depuis un certain temps et personne n'était entré. Et le lyrisme de cet orgue, soudain, lui fit monter des larmes, non pas paisibles, mais dans un spasme. Il allait pouvoir vomir la vie elle-même et tout ce qui le dégoûtait ailleurs. Cette musique par sa violence, l'entraînait à nouveau vers l'épouvante. Il se leva pour fuir et c'est à ce moment qu'il entendit, venant de l'extérieur, un grondement intense accompagné d'une clameur plus impressionnante que tous ces bruits qui l'avaient persécuté jusqu'alors. Pendant quelques secondes la surprise remplaça tout autre sentiment, et il demeura figé, à quelques mètres de la porte. L'organiste n'avait pas cessé de jouer. N'avait-il pas entendu la même chose que lui ? Peut-être avait-il été victime d'une hallucination ; c'était à la fois rassurant et inquiétant. Il finirait par aller consulter un médecin. Dans l'immédiat, il devait véritablement fuir, retrouver le soleil, retrouver les rues qui maintenant avaient dû s'animer, rentrer à l'hôtel et dormir.

La porte ne s'ouvrit pas. Il mit un certain temps pour comprendre que ses efforts seraient inutiles. Il essaya de refuser la panique qui commençait à le bouleverser. Il alla à l'autre porte, celle de l'entrée principale. Elle était également fermée. Il ne parvint même pas à l'ébranler. Enfin il songea à l'organiste. Au fur et à mesure qu'il montait le petit escalier de bois grinçant, la musique l'assourdissait, pénétrait en lui avec force. Il reprit son souffle, arriva à la dernière marche et constata avec effarement que la musique se faisait d'elle-même, sans organiste. Le tabouret était vide, les touches ne frémissaient même pas, comme si un vent fabuleux avait été le créateur de ce concert. Il se mit à crier. Un écho lui répondit mais si faiblement que sa voix se mêla à celle des orgues. Il n'y avait personne. Il était seul. Il cria encore et redescendit dans la nef. Il appela. Il retourna à une porte puis à l'autre ; elles étaient closes. Il n'y avait plus rien à faire.

Et il commença à attendre.

Il s'assit, la tête entre les mains. Rien ne pouvait être réel. Mais comment se fier à ses propres sensations... Il devenait fou. Il ne savait pas quand cette folie avait commencé... certainement, elle s'était infiltrée depuis longtemps et avait profité d'une trêve pour se déclarer, pour prendre possession de lui. Sinon, comment croire à de telles aberrations ! Par instants, la musique s'adoucissait, notes distinctes et comme égrenées. Il espérait un peu de silence, il espérait que le cauchemar cesserait. Les notes, à nouveau, se fondaient, bâtissant une large envolée émouvante et violente. Il demeura ainsi des heures et des heures. Au début, il s'était levé de temps à autre pour vérifier les portes puis il avait fini par s'écrouler entre deux rangées de chaises, hébété, se bouchant les oreilles pour ne plus entendre cette musique. Il avait cru que le soir en venant atténuerait sa douleur... Il s'endormit sans avoir perçu l'approche de l'obscurité. Il s'endormit d'un sommeil sans rêves, épais, glauque.

En se réveillant, il se demanda combien de temps il avait dormi. Sa montre était arrêtée. Tous les cierges étaient éteints. La même lumière lui parvenait en lambeaux rouges et bleus, traversant chaque vitrail et venant se rompre sur les dalles du sol. Il avait dormi malgré la musique, et la musique continuait. Il s'aperçut que la lumière s'infiltrait de toutes parts, et qu'ainsi il ne pouvait pas s'orienter avec le soleil, qu'il ne pouvait pas évaluer le temps. Le remontoir de sa montre tournait à vide. Il essaya encore d'appeler, il frappa les deux battants de la porte centrale. Il cria jusqu'à s'épuiser. Il retomba sur le carrelage froid. Il se rendormit, se réveilla.

Pour passer le temps et s'occuper, il erra dans l'église. Il n'avait pas faim ; cela l'étonna. Cependant, il mangea une hostie. Sa fadeur le dégoûta un peu. En s'approchant d'un christ de pierre peinte il fut surpris par son regard qui lui sembla particulièrement vivant. Il demeura troublé et, par la suite, évita de passer devant lui. Il ne croyait pas en Dieu mais il croyait au surnaturel et dans sa situation, il lui eût été difficile de nier la réalité de phénomènes inexplicables.

Pourtant, la présence de ce christ le gênait ; il ne cherchait pas à comprendre pourquoi.

Il s'aperçut que la nuit ne venait jamais. Il avait beau veiller longtemps, la clarté était figée comme tout ce qui l'entourait. La rage le secouait encore mais moins souvent, faisait place à la prostration. Il n'était pas réellement déprimé, plutôt hébété. De jour en jour, il se résignait davantage. Il mangeait une hostie, vérifiait qu'aucune brèche n'était apparue, se rendormait. Une fois, il avait tenté d'atteindre un vitrail pour le briser. Il avait escaladé une statue, avait lancé de toutes ses forces un chandelier contre le verre... et le verre s'était cassé, mais s'était aussitôt reformé. Il avait entendu un cri et était tombé. Il ne savait pas si la voix entendue était la sienne. Il lui semblait que cette voix avait parlé plutôt que crié : deux ou trois paroles qu'il n'avait pas déchiffrées, juste à l'instant de sa chute. Une voix intérieure qui l'aurait désapprouvé ? Une clameur perçue avant que le vitrail ne se fût reconstitué. L'épouvante lui interdit de renouveler l'expérience. Il se terra dans l'angle d'une chapelle et, recroquevillé, demeura ainsi pendant un temps si long qu'une torpeur enveloppa son corps et sa conscience. Il ne sentait plus rien, ne se levait plus, ne mangeait plus d'hostie. Sa respiration devenait imperceptible.

Il n'était ni éveillé, ni endormi mais dans un état intermédiaire, pris dans une hallucination tenace.

Il avait tellement regardé en lui-même qu'il finit par s'intégrer à l'église même. D'un refuge, il avait construit un univers. Il avait renoncé à toute lutte lorsqu'à nouveau il se leva et, en titubant, voulut s'approcher de l'autel. En passant près de la porte latérale il se rendit compte qu'elle était entrouverte. Sans se précipiter, il la poussa, mû par un instinct dépourvu de toute curiosité. Son geste mimait d'autres gestes très anciens qu'il avait cru oubliés. Alors, il sut que l'église était contenue dans une autre église, plus grande, et en poussant d'autres portes, que chaque église était de même contenue dans une autre et ainsi de suite, à l'infini. Plus il s'éloignait de son point de départ – du point central – plus la musique était forte et plus elle résonnait contre les murailles. Cela était à peine supportable. Il allait de porte en porte, se bouchant les oreilles, en proie à de nouvelles frayeurs. Il erra à la recherche d'une autre issue, d'un vrai passage vers l'ailleurs ou vers le retour au monde. Pourtant il n'espérait plus rien, n'attendait plus rien.

Il ne savait plus combien de portes il avait franchies. Il n'y avait plus de musique, mais un vacarme comme on ne peut en imaginer. Il pensait que les orgues finiraient par éclater sous la puissance de leur œuvre. Il ne savait pas s'il s'éloignait ou s'approchait du but. Il se rappela l'histoire du « *roi pêcheur* » qui, comme lui, se nourrissait exclusivement d'hosties. Peut-être le Graal était-il à portée de sa main, de son regard... Il était inutile d'errer ainsi, sans même connaître les raisons de sa quête. Il décida de revenir au point central. Mais on ne revient pas si aisément sur ses pas. Derrière lui, la porte était close. Seule la suivante était ouverte et il fut obligé de continuer de seuil en seuil.

Et il continua.

Jusqu'au moment où, se réveillant, il vit qu'il était enfin revenu à la première église ou du moins pouvait-il le penser car celle-ci n'en contenait pas d'autre. Il pouvait s'étendre au milieu de la nef, il pouvait écouter la musique qui maintenant lui semblait apaisante. Sans doute avait-il trouvé son propre graal. Il n'alla jamais regarder si la porte était ouverte. Toute issue était un piège. Il resterait là. Il fallait consentir à y mourir ou à y demeurer éternellement.

Et il y consentit.

HONTE

Le froid, ce matin-là, était encore plus saisissant que les jours précédents. Mais je n'avais pas imaginé qu'un jour aussi radieux pût engendrer tant de drames !

Nous venions de vivre deux mois dans la douceur, Noël « au balcon », et tout janvier à regarder les arbres se couvrir de bourgeons sans comprendre que l'hiver pouvait encore venir.

Et il arriva, brutalement. Une courte période de pluie mit fin au printemps et, en moins d'une semaine, la température passa de 10° à – 7°. Plus personne ne s'attendait à cela ! Bien sûr, ce n'était rien en comparaison des hivers que j'avais connus dans mon enfance ! Un soleil éblouissant enveloppait toute la ville d'une lumière surnaturelle.

C'était un jeudi. Je sortis pour me rendre à mon travail, suffisamment emmitouflé pour affronter le plus terrible gel : de grosses chaussettes, un pull en mohair, un manteau épais, un chapeau et des gants doublés.

Mais je savais que j'allais devoir passer devant cette femme qui dormait dehors depuis l'été précédent. Un soir, je l'avais vue s'abriter dans le hall d'un immeuble ; le lendemain elle était à nouveau dans la rue. Sans doute avait-elle été chassée par quelques propriétaires indignés. Je ne lui avais jamais donné d'aumônes, réservant mes dons pour les personnes les plus âgées qui ne peuvent plus travailler ou pour ceux qui, dans le métro, offrent une chanson, un air de violon… Et cela, par la nécessité de faire des choix. Il m'était arrivé aussi de proposer aux mendiants du pain, des fruits : je préférais cela, au nom de je ne sais quelle règle arbitraire, peut-être malgré tout dans un souci de morale que pourtant je savais aussi désapprouver ! Cette femme m'intimidait. Je ne lui avais encore rien donné. J'avais eu envie de lui parler, mais je n'y étais pas parvenu. Dans la nuit, je m'étais réveillé ; j'avais pensé à elle, et à tous ceux qui dorment dans la rue. Je n'avais pas réussi à me rendormir, sinon au petit matin peu avant la sonnerie de mon réveil.

Au moment de me lever, j'étais resté tracassé par le souvenir de cette insomnie. Avais-je mauvaise conscience de vivre au chaud, dans le confort, égoïstement ?

Lorsque j'allais faire des courses, il m'arrivait de faire un détour pour ne pas passer devant son campement. J'avais honte. Oui, c'était cela, j'éprouvais de la honte. De ne pas m'arrêter. De ne pas oser lui parler. De ne pas essayer de l'aider. La solitude m'avait enseigné qu'on peut difficilement aider les autres, et que les autres ne peuvent pas nous aider. Mais, dans ce cas précis il ne s'agissait plus seulement de solitude. Sa vie était en danger.

En sortant de chez moi, je fus traversé par le froid et avec lui s'infiltra l'angoisse de devoir passer encore une fois devant cette femme. Je tentais de me raisonner : que pourrais-tu faire pour elle ? Tu ne peux pas l'accueillir chez toi ? De quoi te mêles-tu ? Elle n'a qu'à accepter d'aller dans un centre d'hébergement. On ne dort pas dans la rue par – 7° si on ne veut pas mourir… Pourtant, il est plus confortable de se tuer d'un coup, non ? Il existe des gens beaucoup plus riches… et l'État qui devrait intervenir ! Mais l'État, c'est qui ? Ça sert à quoi ?

Je marchais plus vite pour me réchauffer, mais je me rapprochais du point stratégique. « Tu ne vas pas l'héberger ! Ne t'en occupe pas. Tu ne peux pas prendre sur toi toute la misère. Ne la regarde pas. Tourne la tête. Si elle meurt, tu ne seras pas responsable. Qui sera responsable ? »

Je trouvais étonnant que cette femme dût dormir dans la rue alors que juste en face, sur l'autre trottoir, un ancien café fermé depuis au moins deux ans par décision de justice était maintenant occupé par des squatteurs militants. Une affiche sur la porte prônait l'arrêt des expulsions et le relogement de tous les sans domicile fixe. Ne l'avaient-ils pas invitée à venir les rejoindre ? Pourquoi ne l'avaient-ils pas pris pour égérie ? Je vivais donc dans un monde bien étrange, dans une société désertée par le *sociable*.

Malgré moi, je ne me détournais pas. Au contraire, je voulais savoir si elle était là, vivante encore un peu. Dans le froid mais vivante. Oui, elle était assise sur sa marche, enveloppée dans un duvet, la tête prise dans un bonnet de laine. Les mains invisibles. Je l'avais vue. J'avais réussi à passer mon chemin. Soudain, sans y avoir vraiment réfléchi, sous l'effet d'une impulsion, je m'arrêtai. Je sortis un billet de mon portefeuille, revins sur mes pas, et traversais la rue pour m'approcher d'elle. Je lui tendis le billet et lui dis :

-    Tenez, prenez quelque chose de chaud.

J'avais parlé. À peine aimable, gêné jusqu'à la maladresse et ne lui laissant aucune possibilité de répondre. C'était un début. Je retraversai en homme pressé, mais en proie à un trouble qui manquait de me faire éclater en sanglots, là, devant les passants. Je me reprochais de ne pas avoir engagé un dialogue, tout en sachant qu'il ne pouvait mener nulle part. Simplement pour rompre son isolement, lui faire comprendre que je la considérais avant tout comme un être humain, non comme une épave, non comme un objet abandonné. Je ne me retournai surtout pas. Mon geste, au lieu de me déculpabiliser, ne fit qu'accroître ma honte. Je ne savais donc pas me comporter normalement ? En omettant, pour une fois, de camoufler mes sentiments ? Je dois dire mon angoisse à l'idée que quelqu'un ait pu me voir. J'entrais dans le métro avec l'instinct de l'animal qui se terre, relativement heureux de pouvoir me fondre dans la foule et laisser mes pensées dériver. Mais au bout de mon trajet, je savais que je croiserais le regard d'un autre S.D.F., un homme, devant lequel je passais tous les matins à quelques mètres de mon bureau. Cela faisait des mois qu'il s'asseyait sur le rebord d'une fenêtre, sa canne posée près de lui, à côté de son sac à dos. J'ai cru pendant longtemps qu'il venait faire la manche dans ce coin uniquement parce que c'était l'heure où des quantités d'employés pénétraient dans les tours voisines, et qu'il rentrait ensuite chez lui. Que sa discrétion, sa gentillesse, suffisaient à le nourrir, à le loger. Mais un collègue venait de m'apprendre que cet homme vivait dans le quartier, sous une tente. Le lendemain, je lui avais glissé dans la main une pièce et j'avais timidement esquissé un sourire, incapable de lui dire le moindre mot.

Je ne pouvais donc pas me rendre à mon travail sans être tourmenté par ces deux êtres, leur existence précaire, acteurs d'une misère qui les avaient conduits à une déchéance sociale dont sans doute ils ne pourraient plus sortir. Le piège s'était refermé sur eux. Et j'étais impuissant à leur rendre l'espoir.

J'avais espéré que l'homme serait allé dormir dans un abri, mais en sortant du métro, comme j'avançais dans l'avenue, je vis qu'il était là, à « sa » place habituelle. Il ne tendait pas la main. Il n'interpellait personne. Mais il était là. Et l'angoisse à nouveau remonta dans ma gorge. Je sentais le froid me transpercer et tout en même temps une boule de chaleur se répandait en moi, irradiait le long de ma nuque.

Je ne voulais pas être encore saisi par la honte. Il fallait que je lui parle, que je vienne à son secours, que je le sauve du froid et de lui-même. De toute façon, je ne pouvais pas faire de détour. Pour la femme, oui, il m'était arrivé d'allonger mon trajet pour l'éviter. Mais lui, était installé à un point stratégique, il le savait. C'est pour cela qu'il avait choisi cet endroit, exprès, pour contraindre les passants à le voir, guettant le ralentissement de leurs pas qui pourrait signifier une hésitation, et le moment venu il croisait leur regard pour ébranler leur indifférence, susciter le remords. J'accélérai le pas. Je voulais en finir au plus vite. Je m'approchais de lui, m'accroupis pour ne pas avoir à élever la voix et, face à lui, le regardant avec détermination, je réussis à lui parler :

- Venez avec moi. Il fait chaud dans mon bureau. Vous y serez bien. Je vous ferai un café.

Il parut étonné.

- Je ne peux pas. Ça va vous créer des ennuis.

Sa voix n'était pas du tout comme je l'avais imaginée. Elle

était douce, à peine éraillée. Je crus entendre mon père et je compris pourquoi je devais faire cela. Je le pris par la main et insistais.

- Venez !

Ce n'était plus une invitation, mais un ordre.

Il se leva avec difficulté, comme engourdi. Il ramassa sa canne et son sac et me suivit sans un mot.

L'agent de sécurité me mit en garde : « vous allez avoir des problèmes avec le patron ! »

Je fis mine de ne pas entendre et me retournai pour m'assurer que l'homme était toujours derrière moi. Du regard, je mis un terme à ses scrupules. Mon bureau était assez vaste pour que j'y installe un visiteur. N'était-il pas naturel d'y héberger un homme en danger ? Car, dehors, par -7°, qu'adviendrait-il de lui ? Il était propre. Il ne buvait pas. Que pourrait-on me reprocher ? Sa présence ne m'empêcherait pas de travailler et je vérifiais sur mon agenda Google que je n'avais pas de rendez-vous ce jour-là, seulement des appels à passer, des dossiers à étudier. Avant d'atteindre mon bureau, je m'étais arrêté au distributeur de boissons chaudes et j'y avais pris deux cafés, un pour lui, un pour moi, histoire de commencer la matinée avec entrain.

J'avais désigné un siège à l'homme qui, tout embarrassé dans son corps, hésitait sur le pas de la porte, debout, me fixait d'un air perplexe.

Nous étions maintenant installés. Le téléphone se mit à sonner. Le patron, d'une voix autoritaire, me demandait dans son bureau.

En fait, je le croyais absent, mais en raison du gel, il avait reporté un déplacement à Marseille.

Je fis un geste pour que l'homme se décide à s'asseoir. En vain. Sans attendre, je montai voir le patron.

Lui, en revanche, ne me proposa pas de m'asseoir. J'avais à peine franchi la porte de son bureau qu'il m'interpella avec une intonation qui me parut tout à coup vulgaire :

-    Alors, Desvaux, on fait dans l'humanitaire ?

-    Je… Je… excusez-moi… je…

Je me mis à bredouiller, à la recherche de mots qui ne me venaient pas à l'esprit ; je réfléchis et le regardais. Sa cravate jurait horriblement avec son costume et j'en fus décontenancé.

-   Mais, Monsieur… J'ai cru…

-   Il n'y a pas de « Mais, Monsieur » ! Vous me mettez cet homme dehors et tout de suite !

Je parviens enfin à m'éclaircir la voix.

-   Il ne gêne personne… Et dehors, avec le gel…

-   Cela ne nous concerne pas.

-   Justement, si !

Maintenant j'avais repris de l'assurance et je savais que je devais défendre cet homme comme s'il s'était agi de me défendre moi-même.

-   Pardon ? Je vous ai donné l'ordre de mettre ce vagabond dehors ! Là est sa place. Un clochard reste un clochard, il n'a pas à être ici !

Ce n'était pas un argument ! Et il avait dit cela avec une moue hideuse qui le fit paraître monstrueux ! Seul son instinct le poussait à proférer une pareille incongruité ! C'était injuste. Je ne pouvais laisser passer cela !

-   Je ne veux pas être complice d'un crime ! Vous savez ce que c'est la non-assistance à personne en danger ?

-    Desvaux ! Ça suffit !

Sur le bureau, il y avait une photo de sa femme et de son chien. Derrière lui, des affiches vantaient les produits vendus par la firme. Je regardais tout cela et j'avais le sentiment de me trouver dans un film dont j'aurais été le héros. En face de moi, le patron commençait à s'énerver, les yeux exorbités. La peau trop fine de son visage boursouflé se couvrait de rougeurs comiques. L'une de ses lèvres se mit à trembler. J'aurais dû comprendre. Mais plus rien ne pouvait m'arrêter. Je croyais savoir que son attitude résultait de toute une vie vouée aux trahisons, aux spéculations, à un autoritarisme arbitraire. Sa réaction me semblait disproportionnée, abusive, et plus rien, pour moi, n'avait d'importance que ce moment crucial où tout devait se dénouer. Cela faisait une semaine que je restais éveillé une partie de la nuit. Mais la fatigue, au lieu de me faire plier, se muait en une énergie désespérée que je ne pouvais plus contrôler. Ni le mépris ni l'arrogance ne seraient parvenus à me contraindre à cette obéissance aveugle qui m'avait toujours maintenu dans un état de soumission excessif, absurde. Pendant quelques minutes, je me crus libéré. Oui, libre. De dire ce que j'avais sur le cœur. Libre de ma vie.

Alors je me saisis de la photo avec la femme et le chien et je lui dis qu'il n'avait pas le droit de les décevoir, qu'il devait réajuster sa vision du monde, que son existence et celle de sa foutue boîte s'écrouleraient s'il n'était pas capable d'éprouver de la compassion pour ses semblables, que son inhumanité était contraire aux vertus d'un être responsable, qu'on ne peut pas diriger une entreprise si on se comporte comme un monstre. Et sans plus bafouiller une seule fois, j'évoquais sa vie passée, le souvenir de son père résistant, de l'amour qu'il avait éprouvé pour sa fille morte dans un accident, tout cela très vite pour qu'il ne lui prenne pas fantaisie de m'interrompre. Je crus percevoir une lueur de panique dans son regard, mais il ne fut déstabilisé que quelques secondes et il profita de ce que je reprenais mon souffle pour hurler :

- Desvaux ! Hors de mon bureau ! Vous êtes viré !

Trop excédé pour lui répondre, je sortis en claquant la porte. Je retournai dans mon bureau. L'homme avait disparu. Je m'étais donc battu pour rien ? Alors seulement, je m'écroulais, pris de hoquets et de sanglots convulsifs. Je m'enfermai et restai longtemps figé sur mon siège, hébété, l'œil rivé sur un paysage exotique qui avait été plaqué sur le mur par mon prédécesseur. Un silence inhabituel m'enveloppait. Le store vénitien sur la porte n'était pas suffisamment baissé et je voyais que des gens s'arrêtaient devant mon bureau, repartaient. Personne ne se hasarda à entrer. Pas même frapper au carreau. Rien. Un silence ouaté.

En fin de matinée, Anton, le caissier fut le seul à venir me trouver, avec un chèque « pour solde de tout compte », dit-il.

Et timidement, il ajouta : « je suis désolé ».

Le lendemain, j'appris par le journal local que ma rue avait été le théâtre d'un fait divers : une S.D.F. avait été poignardée par un rôdeur qui avait ensuite pris la fuite. Mais il avait été poursuivi et finalement arrêté. Le motif du crime ? Un billet de 20 euros qu'un passant avait donné à la femme sans s'apercevoir qu'il était épié d'un porche voisin.

Je savais pertinemment qu'on ne retrouve pas si facilement un travail quand on a atteint la cinquantaine et qu'en plus on s'est fait licencier pour « faute grave ». Je sais aussi que personne ne pourra m'héberger lorsque je me ferai expulser pour loyers impayés. Mon fils vivait maintenant au Canada ; sa situation ne lui permettrait pas d'être encombré par un père sorti du système, un si mauvais exemple pour ses enfants !

Quant à mon ex., il était hors de question que je lui raconte mes exploits !

La seule chose qui m'importait désormais était de savoir ce que j'éprouverais une fois dans la rue et si la honte de l'homme perdu ressemblerait à celle que j'avais ressentie avant, de l'autre côté...

PORTRAIT

À Valérie

JE est un monstre. Je suis un monstre.

Aux enterrements, je pleure rarement. Sinon sur moi-même. D'ailleurs, je photographie les morts sur leur lit d'agonie ou au sortir du frigo. Je ne sais pas pourquoi. Je choque tout le monde. Mais c'est plus fort que moi.

Je pleure ailleurs. Au cinéma. Même parfois dans les comédies. Quand les autres spectateurs hurlent de rire pour se moquer d'un personnage, moi, je me mets à pleurer. Je m'identifie au personnage hué. À l'être dont on ricane parce qu'il est trop amoureux, naïf, ou ridicule, trop maladroit, trop à côté du monde.

Ce n'est pas que la mort m'indiffère. Mais à force d'en être obsédée, je l'ai intégrée à ma vie. Je la côtoie. Je l'ai apprivoisée. Et puis, même s'il m'arrive d'être prise au dépourvu, je maîtrise mes émotions. Sauf exception. Pudique ? Non. Je les épie de l'extérieur. Distante. J'observe.

Et comble de l'égocentrisme : je m'observe.

Je vous le dis, je suis un monstre. Je calcule tout. Ce qui peut me servir ou ne pas me servir, non pas dans cette existence, ici, mais pour après, dans la non-existence. Je fais tout pour laisser des traces, une empreinte que je voudrais indélébile. Bêtement. J'ai beau tutoyer la mort, je n'admets pas encore qu'un jour je serai comme si je n'avais jamais existé. Pourtant, je ne suis pas arriviste. Je sais écouter ceux qui sont dans la peine, leur parler aussi. Sans doute parce que je veux être aimée et que je souffre de ne pas l'être assez. J'en veux toujours plus. Aux heures de solitude extrême, je suis désagréable, agressive, en un mot : odieuse !

Je ? Moi ?

Vous voyez, je ne parle que de moi ! Le centre de mes pensées. Partout et nulle part. Eh, oui, je suis mon propre dieu !

À cause de cela, je me déteste. Je ne supporte pas la pensée qui guide tous mes actes. Je me déteste autant que je m'aime. Amour-passion qui me brûle de l'intérieur, agace mes nerfs. Insensible ? Sensible pourtant. Aussi. Tour à tour de marbre et exacerbée.

Je pleure sur des idées métaphysiques, non par compassion. Quant à mon image, je l'ai aimée, mais je ne me reconnais plus, sauf si je prends la pose. Rarement, je vous rassure. Ma folie consiste à vivre comme si j'étais indispensable, comme si j'avais un charisme irrésistible. Alors que j'énerve tout le monde par mon cynisme, mon esprit de contradiction, mon intransigeance, ma faculté de faire trente-six choses à la fois. Ce qui rend mon discours incompréhensible – ma parole va plus vite que ma pensée ; je passe du coq à l'âne, je bafouille quand je voudrais être claire. J'agace.

Je prétends être trop consciente. Le suis-je vraiment ?

Orgueilleuse, oui. Je l'avoue.

Je ne sais pas goûter au plaisir sans m'épouvanter de l'avenir.

Je ne sais pas m'absenter de moi. Ou lorsque j'y parviens, je reprends le contrôle. Tour à tour compréhensive et rigide, je me surprends – douloureusement – à faire la morale ! À me mêler de tout. À mettre mon grain de sel quand je ferais mieux de me taire.

Mais je ne sais pas me taire. Ni rire vraiment. Ou seulement de blagues morbides. Plutôt ricaner. Je ne sais pas plaisanter. Et je ne comprends pas toujours quand les autres plaisantent. Je ne me prends pas au sérieux. Mais au tragique, oui. Je me sens un brouillon, alors que je voudrais être parfaite. Les enfants et les vieillards m'irritent. Les premiers parce qu'ils appartiennent à un monde qui n'est déjà plus le mien, les seconds parce qu'ils me montrent mon vrai visage, celui que j'aurai à l'état de cadavre. Il y a des gens dans la rue, dans le bus, plus âgés que moi ; je n'ai pas envie de leur ressembler. Bien sûr il y a des spécimens rares, des bien conservés, qui mènent leur vie avec énergie et bonne humeur en dépit de tout, il y en a, oui, mais à quoi bon !

Lorsque je suis déprimée, je souhaite recevoir des quantités d'appels et qu'on vienne chanter mes louanges. Lorsque je vais bien, je préfère être seule, pour mieux en profiter.

Lorsque je fais le bien, c'est pour être adulée.

Susceptible, je peux me renfermer telle une huître. Et demeurer ainsi, close, inaccessible.

Eh non, je ne pleure pas aux enterrements.

Sauf exception.

Et il a fallu que j'écrive cela pour être confrontée à la plus inconcevable émotion. Au bouleversement de tout mon être.

J'ai tant pleuré aux obsèques de Valérie, que je ne parvenais plus à tenir debout. Valérie qui me renvoyait en pleine figure tout ce que j'avais péniblement réussi à fuir les mois précédents, qui me laissait là, pantelante, incertaine sur ce que j'aurais pu faire ou ne pas faire pour elle.

Elle, si généreuse, si chaleureuse, mais qui pouvait aussi se montrer incisive, absolue.

Elle avait commencé à travailler après le décès de son mari, mais n'avait jamais voulu changer de logement en dépit du montant excessif du loyer, surtout au regard de son maigre salaire. J'avais beau avoir changé de service, j'avais toujours gardé avec elle des liens amicaux renforcés par le même dénigrement d'une existence vouée à la solitude et aux tourments. Elle seule me fêtait encore mes anniversaires et elle me regardait plus que les autres comme un être humain, une amie.

Elle buvait plus qu'elle ne mangeait. Et cela explique peut-être qu'elle se soit fâchée avec sa fille qui n'avait rien fait non plus pour la revoir. Sept ans de silence et d'amertume, vécus comme un abandon douloureux.

Elle a tout tenté pour retarder le moment de son départ à la retraite qui allait la placer devant d'insurmontables difficultés financières et accroître son exil. Elle avait prévenu une ancienne collègue :

-    À la retraite, je me laisserai mourir.

Et c'est ce qu'elle a fait.

Atteinte par la limite d'âge, elle a dû quitter son poste, quitter ses seuls amis tout en jurant que bien sûr on se reverrait. En guise de cadeau de départ, connaissant ses difficultés, je lui ai donné un chèque, mais elle n'a jamais voulu l'encaisser. Elle ne voulait pas être aidée.

Et environ huit mois après son départ, l'un d'entre nous, ne parvenant plus à la joindre, a appelé les pompiers qui l'ont trouvée chez elle, morte depuis deux ou trois semaines.

Lors de la cérémonie précédant l'incinération, sa fille effondrée n'a pas eu la force de parler. C'est son gendre qui a pris la parole :

- C'est par Valérie que j'ai fait connaissance de ma femme…

Puis après un temps de silence recueilli, il a expliqué qu'il l'avait aperçue, trois ans auparavant. Elle traversait une rue. Il avait hésité, redoutant la façon dont elle pouvait accueillir, puis avait passé son chemin. Maintenant, il le regrettait. Et il a insisté, obsédé par ce souvenir, répétant plusieurs fois :

- Ne faites jamais cela ; après on le regrette trop …

C'est, je crois, la conscience exacerbée de *l'inéluctable* de la situation, le *trop tard*, qui m'ont alors saisie avec violence. Je pleurais. Je ne pouvais plus m'arrêter. Le discours de son supérieur hiérarchique, purement administratif, a accentué mes sanglots. Je l'ai imaginée, se plaignant avec gouaille du manque de sentiment, de la froideur de ces mots impersonnels qui donnaient à croire à la lecture d'une fiche d'évaluation, excluant le trouble qui peut naître de l'émotion, excluant tout tremblement de la voix. Je l'entendais ricaner et partir d'un grand rire à demi éraillé.

Les jours qui ont suivi, je n'ai pas cessé de la voir, de sentir en moi les inflexions de sa voix, de songer à ce qu'avait dû être ces longs mois de descente aux enfers, cet évanouissement des sens, cette mise à distance, cet effacement progressif, exactement comme j'avais imaginé le faire un jour, peut-être aussi après ma retraite, quand je cesserais de voir qui que ce fût. Quand il sera définitivement admis que je ne servirai plus à rien.

Et c'était cela, sans doute, qui m'avait brutalement ramenée en arrière. L'image qu'elle me renvoyait était déformée. Je n'avais rien fait pour elle. Les autres ne sont jamais assez présents.

Je plaignais sa fille et en même temps lui en voulais. Sa fille, que je n'étais pas allée saluer. Je m'étais enfuie. Parcourant le cimetière d'une allure chancelante. Épuisée. Vidée d'un coup. Ivre. Je suis allée me planter devant les cases où sont rangées les cendres de plusieurs amis. Devant celle qui retient le poète André Lagrange, je me suis mise à l'invectiver :

- Qu'est-ce que tu fous là ? Mais, qu'est-ce que tu fous là ?

Le monde me semblait particulièrement irréel. Et je n'avais rien fait pour Valérie. Sinon, dire en pleurant quelques mots sur la nécessité de se souvenir des morts ; affirmer qu'ils n'existent plus que par ce souvenir.

Pour une fois, je n'étais pas en représentation.

Et pourtant, je ne souffrais pas pour Valérie désormais paisible. Je ne souffrais que pour moi qui l'avais délaissée, pour moi qui ne supporterai pas longtemps l'idée de vieillir sans autre but que celui de mourir.

Car, comme nous tous, je vieillis et ausculte les signes. Je regarde les veinules qui commencent à grimper sur mes cuisses et leur couleur, je le sais, est un bleu mauvais. Un bleu de nuit qui me dégoûte et me rend étrangère à moi-même.

Vous voyez bien, c'est sur moi que je pleurais aux obsèques de Valérie !

Sur ce corps qui se désagrège avant notre mort.

Sur cette âme qui cherche des reflets sans vouloir être dépendante.

JE est un monstre.

Et toi, lecteur, tu es sûr de ne pas me ressembler ?

Je, tu il… Tu es sûr ?

Mais si voyons ! Tu me ressembles ! Personne ne peut échapper au lot commun. D'ailleurs, souviens-toi, Charles Baudelaire l'a affirmé bien avant moi :

Tu le connais, lecteur, ce monstre délicat,

-   Hypocrite lecteur, –   mon semblable – mon frère !

Table des matières

Je remercie

Jean Bensimon et Claire Boitel pour leur lecture attentive et leurs conseils qui m'ont été précieux,

Fabienne Leloup qui a permis l'édition du présent ouvrage,

Les éditeurs qui m'ont fait confiance en publiant une version antérieure de la nouvelle *Le Geste* parue dans « Nocturne(s) » publié en 1985, aux Éditions du Guichet, *L'Antichambre* publiée dans la revue « Empreintes », *et Destin* dans la revue « Possibles ».

Les radios nationale ou « libre » qui ont mis en ondes : *Identité,* en 1979, dans « Les Nuits magnétiques » d'Alain Veinstein, à la suite d'un concours de nouvelles fantastiques, *Entre deux vies* sur « Radio Paris », et *Ici et ailleurs* sur « Radio Aligre », toutes deux adaptées par Pierre Esperbé.

Achevé d'imprimer en décembre 2022
Par KDP

Les Editions de l'Œil du Sphinx
36.42 rue de la Villette
75019 Paris
Tél 09.75.32.33.55
Fax 01.42.01.05.38
Email ods@oeildusphinx.com
Web www.oeildusphinx.com